# SINCRONICIDADES

Héctor Israel Castro de León

Jormax23

J.P. Buentello

A.J. Antillón

César Sandoval Puente

# DEDICATORIA

A todas las mujeres que lucharon, luchan y lucharán por la equidad de género.

**J.P. Buentello**

A mis padres, Héctor Castro Méndez y Sanjuana Imelda de León Hernández.
A mi familia.

**Héctor I. Castro**

A quien me da la oportunidad de manifestarme en letras.
A mí, por haberme manifestado, con temor y todo.
A quien en algún momento creyó en mí.
A mis fantasmas, internos y externos
A quien me haya puesto nervioso al menos una vez.

**Jormax23**

# CONTENIDO

## Tabla de contenido

# Agradecimiento

A Francisco Javier Hernández por la  traducción al náhuatl.

Héctor I. Castro

# Prólogo

Cinco visiones, cinco caminos que exploran el género de la ciencia ficción. El lector podrá embarcarse en un viaje a través del tiempo y el espacio, recorriendo futuros cercanos y distantes, escenarios distópicos, fantasías alucinantes…un menú completo para deleitar al comensal más exigente.

En **Permiso**, una aspirante a influencer se ve acusada de ser intolerante después de hacer una publicación burlándose de unos tweets de una institución gubernamental. Por si fuera poco, su reputación se ve afectada en el trabajo y vida personal. Al no saber quién la acusa ni por qué: ¿qué debe hacer para remediarlo?, ¿debería disculparse?, ¿ignorar el asunto?, ¿qué pensarán sus conocidos al respecto?

En **Una Ciudad Modelo**, el protagonista, un oficinista promedio, emprende una lucha para alcanzar un alto puntaje en el recién instaurado "Sistema de Prestigio". Lograrlo implica mejores oportunidades, fama y fortuna. ¿Será capaz superar los obstáculos?, ¿qué tendrá que sacrificar en el camino?

En **Abrupción**, un ejecutivo se ve presionado a participar en un experimento científico: tener relaciones con mujeres desconocidas en una isla paradisiaca. Sin conocimiento del objetivo real y con una seria preocupación por su desempeño sexual, se embarca en una experiencia inusual para él: convivir de manera presencial con otras personas. A medida que pasan los días la confrontación con sus miedos aumenta y las heridas se hacen más profundas, ¿caerá en una completa desesperación que le hará cambiar para siempre?

En **Hijos de la Selva**, un segmento de la población se llena de envidia por las capacidades avanzadas de sus sirvientes, los robots. Debido al temor de ser conquistados, comienza su persecución y destierro, junto a todo aquel ser humano que se ponga de su lado. Ikal, el protagonista, emprenderá una odisea mientras intenta entender el conflicto de estas neo-sociedades, el choque cultural entre los grupos, y el del pasado con el del futuro. Sin importar la evolución que nos acontezca, siempre tropezaremos con la misma piedra.

Y finalmente, *¿Cómo es no sentir nada?*: En un abrir y cerrar de ojos la historia del Universo puede cambiar. La vida de una persona es tan importante o tan insulsa, que pensar en la relevancia de sus sentimientos parecería inútil, a no ser que dieran pie a una historia que va más allá de la comprensión. ¿Qué aportamos al Universo para que éste nos contemple de vuelta? No es ciencia ficción, es el camino que nos lleva al final de los tiempos. Nuestro tiempo y naturaleza son tan finitos que todo transcurre en un experimento llamado vida. Y así, encaminándonos al final de la propia existencia, ella. Siempre ella: no sabes si es parte de tu locura o si es verdadera, simplemente crees en ella (¿o a pesar de ella?).

Casi tan interesante como la trama de estos cuentos es la manera en que se concibió el proyecto.

Todo inició con un reto, un juego entre amigos que consistía en elaborar una redacción corta cada semana, el tema se elegía por turnos entre los involucrados. La dinámica continuó por varios meses, hasta que finalmente se decidieron a emprender un proyecto más largo: el presente volumen.

A pesar de que ninguno de los autores se dedica a escribir de manera profesional, todos comparten la pasión por la literatura. Gracias por brindarles la oportunidad de plasmar sus historias y espero sinceramente que disfruten de la experiencia tanto como su servidor.

Atentamente: el editor.

# Permiso

A.J. Antillón

# UNO

Con un bostezo Fabiola comenzaba a despabilarse. Comenzó a estirarse cuándo vino a su mente la publicación que había hecho en redes sociales el día anterior. La emoción la sacó de la cama al preguntarse cuántos likes habría acumulado, o mejor aún, ¿Cuántos comentarios?

Fué por su celular y lo desbloqueó. Las 187 nuevas notificaciones que vió dibujaron una sonrisa llena de orgullo en ella, era un nuevo récord personal. A duras penas resistió la tentación de leerlos en ese instante. Se había puesto como regla no leer comentarios antes del desayuno, pues de otra manera se distraía demasiado y terminaba llegando tarde al trabajo.

Sù publicación hacía burla sobre lo falso que se leía una serie de tweets de algunos políticos publicados el día anterior. En realidad se trataba solo de algo que encontró en su muro y decidió compartir, agregando la frase "y ahora me dispongo a ingerir alimentos, los cuales como todos los días para mi sustento como todo humano normal bip bup bip bup." No solía hacer comentarios políticos, pero nada ayudaba más a la fama de un influencer que un poco de humor aquí y allá.

Se bañó y arregló más rápido de lo habitual, en menos de 20 minutos ya se encontraba sentada a la mesa con su tazón de leche y cereal. Le extrañó ver que alrededor de la mitad de las reacciones eran enojos, se dispuso a leer los comentarios. Algunos coincidían con ella y aportaban sus propias frases robóticas, unos cuantos le decían que estaba equivocada, que ese tipo de lenguaje era habitual entre políticos. No le importaba si estaban de acuerdo con ella, este no era su contenido habitual. Lo importante es que recibía reacciones, mejoraba su presencia.

Entre los primeros comentarios escaseaban las reacciones negativas, las cuales aumentaban súbitamente a partir de un comentario que consistía únicamente de un link. No esperaba ver tantos insultos. La acusaban de ser homofóbica.
— ¿Homofóbica? ¿Qué tiene que ver mi imitación de robot con la homofobia? — pensó. — ¿Alguno de los políticos era gay? Puta madre — dejó salir en voz baja. Pronto todos los comentarios consistían de insultos, cuestionamiento a su moral o ambos. Recordó el link e hizo click en él, pensando que quizá ahí encontraría su respuesta. El siguiente título apareció en la parte superior de su pantalla:

¿Por qué los regios son tan intolerantes?

El artículo comenzaba narrando como un cómico había dado un show controversial el fin de semana pasado en un famoso club de la ciudad. Más abajo se mostraba la letra de algunas de las canciones de las bandas de rock locales. Nada de esto se relacionaba con Fabiola. Continuó leyendo sin poner verdadera atención al artículo en su afán de localizar su nombre. Lo encontró como a tres cuartas partes del escrito junto con el de otros influencers más. Habían pantallazos de una serie de tweets suyos de hacía unos 8 años en los que llamaba marica a un ex-novio.

# DOS

Apenas recordaba el momento en el que llena de rabia había decidido publicar su tweet para sus entonces 14 seguidores. Tenía 18 años, Twitter estaba en sus inicios y ella había discutido con Juan de nuevo. Era miércoles y habían salido a una fiesta de pre-apertura de un antro por el centro de la ciudad. El evento era solo para inversionistas y amigos del dueño. Ellos pertenecían a este segundo grupo, el papá Fabiola era uno de los amigos.

—¿Nos vamos? —preguntó Juan.
—Pero si apenas van a ser las 12, la fiesta termina hasta las 3.
—Yo sé, pero mañana tengo clase a las 7 y no quiero andar dormido todo el día. Si de por sí ya estoy batallando con cálculo.
—No seas así, vamos a quedarnos otro rato. No es como si todos los días nos invitaran a fiestas así.
—Ya habíamos quedado que solo estaríamos un rato, sabes que no me gusta desvelarme entre semana. ¿Por qué me cambias la jugada? —reprochó Juan algo irritado.
—Pues es que nunca quieres hacer nada divertido. Si por ti fuera estarías todo el día estudiando, así se te va la vida —objetó Fabiola.
—Estudio por que a mi también me gustaría abrir un negocio después —suspiró—. No quiero pelear de nuevo por esto. Me voy ¿Vienes?
—No, y si te importo aunque sea un poco tú tampoco te irás —sentenció Fabiola.

Juan dudó por un momento, esta no era la primera vez que ella usaba esa frase. La frustración dejó súbitamente su rostro.
—Como gustes.
Se dió la vuelta y comenzó a despedirse de los demás. Su respuesta la tomó por sorpresa, mientras veía como Juan se preparaba para irse se fue llenando de enojo. No sabía qué hacer, esta no era la manera cómo él debía reaccionar según había visto en numerosos programas de televisión.

Fué a la búsqueda de su amiga Mayra, para pedirle de favor la llevara a casa más tarde pues ahora no sabía cómo se iba a regresar. Afortunadamente ella seguía ahí y después de explicarle lo sucedido le dijo que no se preocupara, ella la llevaría. Fabiola se tranquilizó un poco, buscó una bebida y sacó su celular para desahogarse un poco en Twitter.

"Si no tienes la decencia de llevar a tu cita a su casa CUANDO ACABE LA FIESTA no eres más que una marica!"

Eso le enseñaría.

# TRES

Después de las imágenes de los tweets se hablaba de cómo la ciudad no era más que una aglomeración de gente retrógrada y anticuada. Alegaba que no era posible que en el año actual aún hubiera gente que siguiera utilizando esos términos.

Fabiola no lo podía creer. ¡La estaban acusando de ser homofóbica! ¡Era imposible! ¡Ridículo! La mitad de sus amigos de antro eran gay. Trató de recordar si alguna vez había publicado algo a favor o en contra de los homosexuales. No podía recordar nada. Y estaban sacando su tweet de contexto. ¿Cómo era posible que la incluyeran con aquellos otros comentarios? Seguro, había utilizado la palabra marica, pero su intención había sido solo desahogarse, quizá lastimar un poco a su novio para que cambiara de parecer… pero no estaba hablando de los homosexuales. Además cuando lo publicó apenas calificaba como adulta, no podían tomarse en serio lo que decía alguien de su edad… ¿verdad?

Pero lo había llamado marica y eso era grave.
— Ahora es grave —reflexionó—. No lo era cuando lo publiqué.
La sociedad había cambiado.

# CUATRO

Casi no había comido por estar revisando el artículo, pero al ver la hora no tuvo más remedio que dejar el desayuno para dirigirse al trabajo. Se sentía atacada, no quería que más personas vieran su publicación pero tampoco quería borrarla, pues estaba familiarizada con el efecto Streisand: "Al tratar de borrar, esconder o censurar alguna información se tiene la consecuencia indeseada de atraer más atención al asunto." Ya habían publicado su tweet, seguramente ya alguien había tomado un screenshot de esta nueva publicación también. Optó por no borrarlo por ahora, tenía tiempo para considerarlo mejor camino al trabajo.

# CINCO

Llegó a la oficina a las 8:04, saludó distraídamente; las miradas que le dirigían discretamente le pasaron desapercibidas. Apenas se sentó en su lugar, Gabriel pasó por ahí y le dejó un café de marca, aunque esta vez no se detuvo a conversar con ella como era costumbre. Fabiola quiso decir algo para iniciar la conversación, pero se detuvo al notar que él ya se había alejado demasiado. Se preguntó si tendría prisa o si no quería hablar con ella.

A medida que transcurría el día se olvidaba poco a poco del artículo. Le había llegado un nuevo producto que promocionar en redes sociales: unos tenis deportivos que lucían una desafortunada combinación de verde fosforescente, azul mate y rojo fuego. Ya estaba

SINCRONICIDADES

acostumbrada a promocionar este tipo de productos. Su táctica consistía en disfrazar de buenas las malas cualidades del producto. Le llegó a la mente: "Con estos tenis la gente no podrá quitarte los ojos de encima" y lo anotó.

Se encontraba escribiendo una cuarta frase tentativa cuando pasó por su lugar su jefe.

—Fabiola!, buenos días. ¿Cómo vas con el proyecto de los tenis?
—Buenos días señor Reginaldo - respondió terminando de escribir la frase para voltear a verlo de frente. - Ya estoy terminando de idear la campaña, para la tarde tendré los primeros bocetos.
—Me alegra, sabía que eras la indicada para este trabajo. Dependiendo de la respuesta que obtengamos, consideraré darte uno de los grandes —dijo con una sonrisa.— Pasando a otro tema, vi tu publicación de anoche. Yo también noté lo falso que se veían los tweets de los trabajadores gubernamentales. Me gustó ver que alguien más lo notara y denunciara —Fabiola sonrió agradecida por el comentario.
—Cuándo los ví me parecieron tan falsos que tuve que escribir algo. Aún no puedo creer que alguien creyera que así es como hablan las personas y diera luz verde a su publicación. Nadie habla así.
—Yo también hubiera querido publicar algo al respecto, pero descarté la idea por que mis hijos dicen que ya estoy muy viejo, que no entiendo el internet. Me han prohibido publicar cosas sin antes mostrárselas ¿puedes creerlo?. ¡No sé en qué momento se invirtieron los papeles!
—Sus hijos son unos exagerados. —respondió sin estar convencida de lo que decía.
—No lo sé. —dijo, se acercó un poco y dijo bajando la voz— La sociedad se ha vuelto muy marica— dedicándole un guiño de complicidad.
Fabiola sonrió, pues quería agradar al jefe, pero se sintió culpable, sucia. Aún así, compartía su opinión.

# SEIS

Le resultó difícil concentrarse después de su conversación con su jefe. Pensaba que si él, que ya era algo mayor, lo había leído, con seguridad todos sus amigos lo habrían leído también. Le confortaba pensar que por lo menos quienes la conocían debían saber que ella no era así, aunque esto no la tranquilizaba del todo. Revisó su número de seguidores. Había bajado. Hizo lo mismo con Twitter y para su horror pasaba lo mismo. —Ok, no es tan grave, son solo unas cuantas decenas de seguidores, puedo recuperarlos. Estás dándole demasiada importancia— pensó.— Haré una publicación nueva a la noche y todos se olvidarán pronto de esto.

Apenas llegó a su casa se dirigió a su computadora a publicar el artículo. Escogió uno de los cinco que ya tenía listos, lamentando no poder publicarlo en uno de sus horarios habituales que conseguían un número mayor de vistas. Su publicación era una reseña de un nuevo restaurante italiano que había abierto en la parte elegante de la ciudad. —Chingado. Habría estado perfecto para publicar el viernes a la una— pensó.

Despegarse de la computadora requirió de una enorme fuerza de voluntad, pues quería ver las respuestas de la gente en tiempo real. Fué a prepararse algo para cenar, optó por algo que tardase en su preparación para darle tiempo a su publicación de ser leída. Llevó su cena a la computadora, respiró hondo y refrescó la página.

La publicación tenía ya varios likes y los primeros comentarios eran positivos. Algunos decían que ya habían ido al restaurante y compartían su opinión de que el lugar era maravilloso, otros comentaban que no podían esperar a ir—. Muy bien, quizá pueda borrar el artículo anterior después de todo, parece que nadie lo recuerda —pensó. De pronto encontró un comentario que la hizo descartar ese pensamiento—. ¿Y si dejan entrar maricas?—

Su mente se aceleró— ¿Será un trol? Debe ser un trol, o quizá sí es gay y está ofendido. ¿O está jugando? ¿Le respondo?— Contestar esos comentarios fue lo peor que pudo haber hecho. Intentó corregir a las personas— No creo que sea correcto expresarse con esas palabras ofensivas. Las respuestas no tardaron en llegar.

—por que?, solo tú puedes?
—¿Entonces por qué twitteaste eso?
—ahora resulta que tú nos vas a decir cómo hablar correctamente?

Borró el artículo.

# SIETE

Al día siguiente varios amigos le mandaron un link a una nueva publicación en una página de noticias amarillistas; habían publicado los comentarios del día anterior. Se hacía énfasis en que lo había borrado como una cobarde. Si existía el artículo era debido a un héroe anónimo que había alcanzado a tomar capturas de pantalla de su breve existencia.

Sus compañeros de trabajo hablaban a sus espaldas. Cuando Fabiola volteaba a verlos rápidamente volteaban la cara. Cansada de esto confrontó a Gabriel, quién por cierto esta vez no le había traído su café. El no quiso tener la conversación en la oficina, salieron con la excusa de fumar un cigarro. Ella caminó deprisa con él siguiéndola de cerca. Apenas llegó al sitio dónde acostumbraban fumar, se giró y dijo:
—¿Tú también estás hablando de mí? —su cara a duras penas podía contener sus emociones.
—Yo no he dicho nada —dijo pausando brevemente—. Es mejor callar a decir ciertas cosas.
—¿Lo estás diciendo en serio? Yo no hablo así y lo sabes. Eres mi mejor amigo ¿Cómo podría? — lo miró directamente a los ojos.
—Está bien —respondió finalmente—. No hablas así ahora, pero no sé, ¿Qué quieres que te diga chaparra? Ver ese tweet me dolió ok.
—Ya no hablo así. Perdón.
—Está bien, ya pasó —dijo al tiempo que volteaba los ojos y la abrazaba brevemente. Suspiró—. Sabes que hiciste de lo peor que pudiste haber hecho, ¿verdad?. Te disculpaste y lo borraste el artículo. Ahora que ya vieron que te afectan no van a querer dejarte en paz.
—Lo sé. Entré en pánico, aunque eso es lo que menos me preocupa, ¿que voy a hacer con los de la oficina?
—No te preocupes por eso, yo hablaré con ellos. Tú tranquila chaparra.
—Gracias, eso ayuda mucho, en serio. Lo que no logro entender es ¿Por qué a mí?
—Por que criticaste al gobierno —oyeron los dos. Fabiola recordó que la primera acusación se dió en los comentarios de la publicación donde se burlaba de los tweets de políticos.
—Estamos hablando nosotros dos, ¿eh? Gracias.— dijo Gabriel volteando a ver al tercero con disgusto.
—No, no, no, está bien, quiero saber —lo interrumpió ella y se dirigió al tercero—. ¿Estás

diciendo que me están tachando de homofóbica solo por que me burlé de los tweets falsos esos? Pero si una cosa no tiene nada que ver con la otra.

—Precisamente esa es la idea, hacer que la gente olvide el tema original. Si el que puso el comentario te dijera que los tweets son auténticos y escritos voluntariamente, tú podrías responder por qué te parece que no es así y la atención del público seguiría en los tweets, provocando más interés en el asunto y que por lo mismo más personas se formaran su propia opinión en el asunto. En este escenario quienes los escribieron estarían siempre a la defensiva.

—Y la que está a la defensiva ahora soy yo.

—Exacto, además de que la gente se ha olvidado del tema original, tú estás demasiado ocupada tratando de defender tu reputación como para regresar a él. Y aunque lo hicieras, la gente no querrá escuchar a alguien intolerante.

El tipo apagó su cigarro y dijo que ya era hora de que regresara a su trabajo. Se despidió de Fabiola y Gabriel y se metió a una de las oficinas del edificio —. Pinche loco —rió Gabriel.

—No lo sé, todo lo que dijo tiene sentido.

—Tendría sentido dedicarle tiempo a desprestigiar a alguien más importante.

Ella lo miró desafiante, él volteó los ojos y continuó— Por favor, no me digas que te ofendí. Mira, sabes que me agrada tu página, pero es por que hablas de cosas como moda y restaurantes, no es como si fueras famosa por expresar tus opiniones políticas. Y lo siento pero no creo que valga la pena poner en la mira a alguien así.

—Ok, sí —admitió ella. Aunque no le gustara, Gabriel tenía un punto—. Hay que regresar a la oficina, ya nos han de extrañar, flaco.

—Vamos, chaparra.

Fabiola siguió trabajando en su proyecto, de tiempo en tiempo pensando en lo que les había dicho el extraño de la oficina de al lado.

Al caer la noche, ya en su casa reflexionó sobre la conversación con Gabriel y el otro. Tenía sentido que quién hubiera publicado los tweets quisiera desviar la atención de ellos a causa de la reacción negativa que tuvieron, pero como decía Gabriel ¿Por qué molestarse con alguien con tan poca presencia como ella? ¿No sería mejor enfocar sus esfuerzos en alguien influyente como aquel periodista famoso? Él sí que causaba revuelo y lo hacía frecuentemente.

Todo esto le hacía pensar que quizá sería mejor olvidarse de su sueño de ser influencer. Después comenzó a pensar que no, que era injusto, ¿Por que iba a desistir sólo por lo que había dicho en otro tiempo?

— Es imposible ser perfectos todo el tiempo, esperar lo contrario es igual que decir que la gente no puede cambiar —pensó—. Además, ¿De qué sirve tener libertad de expresión si se me va a censurar así? Otra cosa sería si sólo me reclamaran los ofendidos, ahí podríamos tener una conversación. Pero me están reclamando unos en nombre de otros y solo para desviar la atención de sus tweets.

# OCHO

Decidió preparar un escrito sobre lo que habían hablado Gabriel y ella con el extraño, que desde que la acusaron de usar lenguaje ofensivo todo mundo pareció olvidar que se habían publicado tweets que daban la impresión de no haber sido redactados por humanos. ¿Qué tal si les habían pagado por publicarlos?, o peor, si habían extorsionado a esos pobres trabajadores de gobierno, amenazado con despedirlos si no los publicaban.

Terminó su escrito y lo publicó. No tardaron en llegar los comentarios acusatorios, esta vez agregando que no había terminado la universidad y poniendo prueba de ello en un nuevo artículo similar al anterior. El artículo se centraba en cuestionar cómo se podía tomar en cuenta la opinión de alguien así?. Esto se estaba volviendo personal.

El artículo hablaba de cómo ahora abundaban artículos, opiniones y memes políticos de personas que carecían de la preparación adecuada y el peligro que conllevaba el dejarse influenciar por este tipo de publicaciones a las que tachaba de sensacionalistas. Se atrevía a aventurar que seguramente sus autores ni siquiera comprobaban la veracidad de sus publicaciones—. ¿Ahora se necesita ser experto para tener opinión?, me pregunto quién te calificó a ti para escribir, lo hago mil veces mejor —. A pesar de la mala redacción, Fabiola siguió leyendo.

De pronto un shock recorrió su cuerpo; sintió que el tiempo se ralentizaba hasta detenerse. El artículo exponía lo que bien había podido ser un pequeño currículum de 5 personalidades de internet, incluyéndola. Se cubrían datos como su página de Faceplace, correo electrónico y cuentas de Reddit, Twitter y Youtube. Todo esto era fácil de encontrar, después de todo la idea de ser influencer es tener presencia en internet. Pero había más. Datos que no suelen compartirse por internet a no ser que haya una muy buena razón para hacerlo. Se revelaba su celular, fecha de nacimiento, estudios, trabajos y una foto de ella.

Además de exponer esta información personal, el escrito hacía énfasis en que había abandonado sus estudios universitarios en el quinto semestre, insinuando incluso que la facultad le había resultado demasiado difícil. La realidad era que ella se dió cuenta de que las materias que faltaban no la prepararían para el trabajo que realmente quería. Esto nunca le había dificultado el encontrar trabajo, pero sabía que a más de uno le importaba. Vió de nuevo su fotografía y agradeció haber desactivado la inclusión de localización en sus fotos, como le había aconsejado un amigo. Era el único consuelo que podía encontrar en esta horrible violación de privacidad.

Se dirigió a la sección de comentarios para demandar que quitaran su información de ahí. No había. Lo único que encontró ahí fué el nombre del autor, Juán Pérez.
—¡Cabrón!, ¿cómo no incluyes tu correo electrónico, cuentas de redes sociales, estudios, edad, foto, estado civil, preferencia sexual, grupo sanguíneo, INFORMACIÓN BANCARIA Y NIP? —. Cerró los ojos y tomó un respiro profundo—. Contáctanos. Debe haber una

sección de contáctanos —regresó a la parte superior de la página y encontró la sección. No había correo electrónico, sólo una forma que le pedía su correo electrónico— ¡Cómo si no lo tuvieran!, ese es el problema.

Lo tecleó junto con su comentario. Solicitó que quitaran la información del artículo, del cuál incluyó la url. Esperó recibir un correo de confirmación. Jamás llegó.

# NUEVE

La ausencia de respuesta a su petición no podía ser un buen indicio. Fabiola se hizo a la idea de que sus datos estarían disponibles para cualquiera que encontrara ese artículo del prácticamente anónimo Juan Perez.

—Y todo por burlarme de unos tweets. ¡Qué estupidez!, era solo un meme, no merezco esto —pero eso no borró el artículo. Seguía ahí, burlándose de ella.

Regresó a ver su meme. Tenía aún más reacciones que antes. Se quedó viendo la imagen, lo que más le dolía es que el artículo tenía razón en algo; no había verificado la veracidad de los tweets antes de burlarse de ellos. Sólo vió algo que le pareció ridículo, asumió que era real y lo compartió con todos para burlarse de ellos.

—Entiendo, fue irresponsable de mi parte, pero publicar mis datos lo es más, no hay comparación —pensó. Ahora tenía que saberlo. ¿Eran reales los tweets?

Buscó en las cuentas de las imágenes y los encontró.

—¿Ven? ¡No estaba mal! ¡Son reales! —dijo a un inexistente público. Comenzó a leer los comentarios del primer tweet, había cientos de comentarios haciendo burla de manera similar a como lo había hecho ella, sonrió un poco. Increíblemente había unos cuantos comentarios que estaban de acuerdo con las publicaciones.

—¿Cómo puede parecerte un lenguaje humano? —pensó y siguió leyendo.

—Son bots —decía uno.

— Jaja, si, suenan como robots. —asintió Fabiola.

Se puso a leer los comentarios del segundo tweet. Eran bastante similares, incluso encontró otro "son bots".

—Quizá es la misma persona.

Procedió a leer los comentarios del resto de los tweets: "son bots", "son bots". En cada tweet se podía encontrar un comentario que decía lo mismo.

—Que raro. ¿Para que comenta siempre lo mismo? ¿Si es el mismo usuario, verdad?

Se dispuso a revisar y vió que no. Extrañamente todos esos comentarios provenían de cuentas diferentes cuyo único tweet era ese. Todas habían sido abiertas recientemente y su nombre de usuario consistía de combinaciones de números y guiones bajos.

—Que extraño, tú eres el que parece bot —dijo, y se preguntó si recibiría respuesta de enviar mensajes privados a cualquiera de esas cuentas.

—Total, no sería el primer mensaje sin respuesta que envío el día de hoy.

Escribió:

"Vi que todos los tweets tienen un comentario igual, "son bots" aunque provienen de diferentes cuentas. ¿Son todos tuyos? ¿Por qué dices que son bots?"

Lo envió. Quería seguir conectada un rato más, de alguna manera esto le ayudaba a distraerse un poco de esas recientes publicaciones sobre su persona. Se dispuso a buscar las cuentas y publicaciones de las demás personas que aparecían en el artículo "¿Por qué los regios son tan intolerantes?". No le sorprendió ver que algunos de ellos habían borrado el post que los metió en problemas; lo que sí lo hizo fue que algunos de ellos parecían haber borrado sus cuentas, pues no pudo encontrarlos.

—¡Qué exagerados! —pensó— O bueno…, quizá sea lo mejor. ¡Suficiente!, tengo que dormir.

# DIEZ

A la mañana siguiente lo primero que hizo Fabiola fue revisar su celular. Buscaba un correo electrónico que no llegaría de la página a la que había pedido borrar su información personal. No abrió sus redes sociales, había dormido mal y no estaba de humor. Se había hecho una promesa antes de empezar su carrera como influencer de que si no hacía suficiente dinero por ese medio, se enfocaría en su carrera. Esta era la que le daba de comer, debía ser más importante para ella. Le resultó extraño hacer el resto de su rutina matutina en silencio. ¡Había incluso olvidado que poseía una televisión!

Llegó a su trabajo con la intención revisar como iba su nueva campaña y hacer ajustes de ser necesarios. Tenía que hacerlos rápido si quería dedicarle la atención adecuada al proyecto que le habían prometido. Notó que nadie la veía furtivamente esta vez, seguramente Gabriel ya había aclarado todo con ellos. Él pasó por su lugar a darle su habitual café y los buenos días, aunque no pudieron tener su habitual plática pre-trabajo, él tenía algo que hacer. Su humor iba mejorando pues sus preocupaciones de las redes pasaban cada vez más a segundo plano.

Se dispuso a revisar los números de la campaña. Estaban algo más bajos de lo acostumbrado.
—Qué extraño, ¿será algo del diseño?.
Abrió los diseños finales para revisarlos cuando escuchó una voz detrás de ella.
—Fabiola, ¿tienes unos minutos?" —casi tiró el café de la sorpresa, se volteó y vió al señor Reginaldo.
—Claro, estaba revisando la campaña actual para liberar tiempo para mi nuevo proyecto.
—Acompáñame a mi oficina —respondió él al tiempo que iniciaba la marcha hacia allá.

Una vez en su oficina y con la puerta cerrada, el señor Reginaldo comenzó a hablar.
—Fabiola. ¿Cómo estás?
—Bien señor. ¿Cómo está usted?
—Algo preocupado para serte honesto.
—¿Preocupado por qué?
—Fabiola hemos estado recibiendo llamadas preguntando si trabajas aquí. ¿Tienes idea de a que podría deberse esto? Sabes que es importante permanecer anónimos en nuestro negocio para no afectar la efectividad de las campañas de nuestros clientes. ¿Has estado anunciando que trabajas aquí en alguna red social? Supongo que no por que te lo pedimos al entrar y nunca he tenido problemas contigo —soltó el jefe en apenas una bocanada.
—Así es señor, osea, claro que no lo he publicado —respondió ella y recordó la página de ayer, ahí estaba la lista completa de lugares donde había trabajado, incluyendo este.
—...pero.
—¿Pero...?

—Ayer alguien publicó información personal mía, traté de hacer que lo bajaran pero no me han respondido.

—Fabiola, esto me lo debiste haber dicho ayer, desde el momento en que te diste cuenta.

—Lo olvidé, no me acordaba que me lo habían pedido, el ver que habían publicado mi información realmente me alteró.

—Entiendo —dijo finalmente—. Pero ahora necesito que tú me entiendas a mí. Hemos recibido 35 llamadas de activistas de igualdad de género. Todos piden tu renuncia y amenazan con boicotear a nuestro cliente por contratar personas como tú.

—¿Cómo como yo?

—No lo sé, esas fueron sus palabras, supongo que intolerantes —Fabiola cerró los ojos al tiempo que hacía una mueca, el Don continuó— Fabiola, no tengo otra alternativa más que sacarte la campaña.

—Sé que los números están bajos pero...

—Y van a bajar más, esta no es la primera vez que sucede algo así. Aunque se que no te ha tocado verlo antes —hizo una pausa, su mirada se hizo más seria y continuó—. Tampoco podemos asignarte al nuevo proyecto, tendré que pasárselo a alguien más. Fabiola, voltea a verme. Vamos a lidiar con esto, seguramente pronto se les olvidará, por hoy vete a tu casa. Y no llames más la atención —le dijo al tiempo que abría la puerta.

Salió devastada.

# ONCE

Se quedó inmóvil fuera de la oficina unos minutos, terminaba de asimilar lo que había pasado. Llevaba los últimos 10 meses tratando de obtener una de esas campañas para avanzar dentro de la compañía y ahora todo había sido en vano. Había perdido incluso la campaña regular.

Notó que Gabriel se acercaba a ella, lucía feliz.

—Saluda a tu héroe chaparra, finalmente terminé de hablar con todos y ya nadie está molesto contigo —dijo Gabriel cuando estuvo cerca. Cuando vió que no había ningún cambio en su rostro preguntó— ¿Bueno y ahora qué pasó?"

—Me acaban de quitar la ballena.

—¡No! ¡Pero si ya era tuya! ¿Por qué?

—Al parecer el señor Reginaldo ha estado recibiendo llamadas todo el día de gente que quiere que me despidan. Acusan a la empresa de contratar gente intolerante.

—Eso no tiene sentido ¿Para empezar cómo es que saben que tu eres la responsable de la campaña?

—Ayer un tal Juan Pérez publicó un artículo en un comentario de una de mis publicaciones, ahí venían todos mis datos, incluyendo mi lugar de trabajo.

—¡Madre santa!, y ¿de dónde sacaron esa información?

—Pues no sé la verdad, pero me dijeron que no es la primera vez que sucede y que lo mejor es que me vaya a casa por hoy —comenzó a caminar a su escritorio para recoger sus cosas—. Gracias por hablar con todos, en serio. Tengo que irme flaco, hablamos después. ¿Si?

—Claro. Suerte.

# DOCE

Regresó a su casa, odiaba el tener el día libre pues el trabajo por lo menos le daba una distracción. Contempló la idea de no abrir sus redes sociales, pero la descartó inmediatamente; sabía que este suceso estaría en el fondo de su cabeza sin importar lo que hiciera.

Se sentó en su escritorio y con los ojos cerrados inhaló y exhaló varias veces antes de encender el monitor, pues estaba cansada y no sabía que iba a encontrar. Al abrir Faceplace notó que ya no recibía solo comentarios de personas, ahora grupos comentaban, regañándola y reprobándola por tener la mente de un maldito troglodita.

—¿En serio les parezco tan horrible? ¿No tienen ninguna mejor causa que defender? —pensó—. Tengo que ver cómo detener esto, pero no puedo responder, la última vez eso solo avivó el fuego.

—Juán Perez, grandísimo hijo de perra. ¿Quién eres? —dijo en voz baja—. Supongo debería empezar por ahí —pensó.

Abrió su perfil. Notó que apenas había ingresado los datos mínimos requeridos para abrir una cuenta; no tenía fotos adicionales, amigos o publicaciones en el muro, su única actividad eran comentarios que hacía a otras personas acusándolas de discriminación o intolerancia.

—¿Para esto abriste la cuenta? —pensó. Decidió enviarle un mensaje directo, pasó 5 minutos redactándolo y editándolo pues quería mostrarse lo menos agresiva posible. Finalmente envió:

"Buenas tardes, soy Fabiola Sánchez, ayer subiste un artículo en el cual incluiste mis datos personales. Te pido de favor me borres del artículo, pero si no quieres hacerlo, por lo menos borra mis datos ya que me está afectando en el trabajo. De antemano, Gracias."

Deseó que él lo viera y le respondiera inmediatamente. Nada. Tenía sentido, después de todo la página mostraba que él no estaba en línea.

—Quizá tenga una rutina, veamos a qué horas puedo esperar una respuesta —se dijo a sí misma y se dispuso a revisar su actividad con la esperanza de encontrar un patrón.

Para su sorpresa, él acababa de hacer un comentario. Pronto hizo otro.

—¡Me está ignorando!

Trató de calmarse, probablemente aún no lo había leído, o quizá aún estaba ocupado haciendo sus comentarios. Continuó escribiendo.

—Espero no ser una molestia, pero en verdad me urge que quites mi información de tu publicación —envió y esperó. No obtuvo respuesta. Él seguía haciendo comentarios.

—Por favor no me ignores, puedo ver que estás haciendo comentarios en este momento. Esto es importante.

—Estoy esperando.

—CONTESTA!

—Ya te dí tiempo suficiente para responderme, parece que no lo harás así que ahora te advierto. Tienes cinco minutos para responderme antes de que reporte tu cuenta por abuso.

—Ya te queda solo un minuto.
—10 segundos.
—8
—7
—6
—5
—4
—3
—2
—1

Lo reportó por uso indebido de su cuenta, esperaba que eso por lo menos llamara su atención pues en lo que se hacía la investigación él no podría hacer comentarios. Seguramente ahora tendría que revisar sus mensajes.

Ahora solo le quedaba esperar. Recordó el primer artículo en el que le hacían mención. No se había molestado en ver quién lo había publicado.
—Apuesto a que es él —regresó a buscar entre los comentarios. Apareció un nombre distinto.
—Gilberto Montoya. No es él.
A pesar de esto entró a su perfil. Parecía estar viendo el mismo perfil de Juán; ambos tenían la misma cantidad de información y actividad.
—En verdad están abriendo estas cuentas solo para hostigarme. ¿Quién tendría tiempo de eso? ¿Acaso no tienen trabajo, deberes, pareja o simplemente algo mejor que hacer? —entonces se le ocurrió algo.
—Espera. ¿Entonces los grupos que me acusan están hechos de puras cuentas así? —se dispuso a revisar los perfiles de los integrantes. Parecían normales.

—Son bots —escuchó en su cabeza de pronto. Sonó su celular. Decidió dejarlo ir a buzón pues no conocía el teléfono que anunciaba la pantalla. Abrió Twitter, esperaba ver una respuesta por parte del que había comentado que eran bots, pero no había nada. El teléfono dejó de sonar. Se detuvo a pensar qué más podía hacer cuando de pronto recibió un mensaje en el sitio:

"> Vi que todos los tweets tienen un comentario igual, 'son bots' aunque provienen de diferentes cuentas. ¿Son todos tuyos? ¿Por qué dices que son bots?

Por que creo conocer al responsable de su creación. Intenté llamarte pero me mandó a buzón."

# TRECE

Alejandro Miramonte lucía cansado a la luz de su monitor. Su cara reflejaba desesperación y derrota. Apoyó sus codos sobre el escritorio y colocó su cabeza bajo sus manos entrecruzadas cuando sonó su celular. Se apresuró a agarrarlo y trató de contener su emoción al ver el número que este mostraba. Le estaban regresando una llamada.

—¿Hola? —contestó y esperó una respuesta que no llegó. Sabía quién era así que se aventuró a preguntar— ¿Fabiola?

—¿Cómo conseguiste mi número? —escuchó Alejandro.

—Tú sabes cómo. Juán Perez.

Ella hizo una mueca al sentir por primera vez la realidad de tener sus datos expuestos públicamente, pero estaba hablando con alguien que afirmaba saber algo sobre los tweets que la metieron en problemas, así que continuó— Eres el que asegura que las cuentas de Twitter son bots. ¿Verdad?

—No solo esas, también los artículos y los comentarios acusatorios que recibes en Faceplace, al menos los primeros.

—¿Quién eres? ¿Cómo lo sabes?

—Antes necesito saber que en verdad eres tú.

—¡Soy yo! Todo lo que publicaron en esa maldita página soy yo. ¿No te basta con saber todo eso? —soltó desafiante Fabiola.

—Podría todo ser falso —dijo Alejandro intentando sonar tranquilo—. Esa información podría ser tan falsa como el resto de los perfiles, pero con más detalles. Necesito ver que estoy hablando con una persona real.

—¿Y qué propones?

—Veámonos en la plaza comercial, la que está cerca de tu trabajo.

—¿Estás loco?, no te conozco, ni siquiera me has dado tu nombre. ¿Cómo podría saber que no eres más que un fan degenerado que está aprovechando que se publicó mi información en internet?

—Sé cómo suena esto y entiendo que estés asustada. Pero no eres la única a la que he tratado de contactar, le he hablado a todos los del artículo pero nadie ha querido hablar conmigo. Escucha, iré solo, tu puedes llevar a alguien, es un lugar público así que estarás segura ¿Te parece? —hubo una larga pausa.

—Bien —escuchó finalmente.

# CATORCE

Al día siguiente, a la hora de la comida Fabiola se vió con Gabriel al sitio acordado: un pequeño café dentro de la plaza comercial localizada a 10 minutos caminando desde la oficina. Habían planeado irse juntos, pero su jefe le había llamado en la mañana diciéndole que aún había revuelo en la oficina, así que necesitaba que hoy también se tomara el día. Esto le había preocupado más.

—¿Cómo se ven las cosas en el trabajo? ¿Crees que pueda regresar mañana? —preguntó ella.

—Ya se ven más tranquilas, yo creo que sí —contestó él, y cambió el tema—. Aún no puedo creer que estemos haciendo esto ¿Qué haremos después? ¿Ir al estacionamiento a ver si algún extraño nos ofrece dulces a cambio de entrar en su camioneta?

—No seas exagerado, estamos en un café. Es perfectamente seguro —dijo sin convicción.

—¿Tan seguro como publicar algo en Faceplace? —la miró desafiante.

—Pues si vas a estar así mejor vete.

—Claro, como si eso fuera una opción —dijo él, cruzando los brazos al tiempo que se recargaba en su silla.

—¿Fabiola? —escucharon ambos y voltearon buscando la fuente del saludo.

—¿"Son bots"? —preguntó ella.

—Si, es lo que dije ayer —contestó el recién llegado.

—No, ya se. Cómo no me diste tu nombre te llamamos "son bots". Tu eres "son bots".

—Alejandro Miramonte —se presentó y volteó a ver a Gabriel—. ¿Y tu eres?

—Un experto en karate, taekwondo y jiu jitsu, así que no se te ocurra nada raro —lo observó de arriba a abajo—. Y me llamo Gabriel.

—Un gusto, ¿puedo?— dijo señalando la silla vacía.

—Por favor —respondió Fabiola. Alejandro se sentó y por un momento nadie supo qué decir.

—No eres la primera persona a la que le pasa esto —comenzó Alejandro—. He visto muchos casos similares estos últimos dos meses y siempre sucede lo mismo. Pasa algo controversial en el gobierno, alguien medianamente famoso en internet se burla o expresa su opinión en contra de lo acontecido y de pronto se ve presa de varias acusaciones de conducta inapropiada.

—¿Medianamente famoso? —preguntó un poco ofendida.

—Así es, hasta ahora no he visto que pongan en la mira a figuras públicas a nivel nacional. Ni periodistas ni gente de la farándula.

—¿Pero por qué se molestarían en censurar mi opinión? ¿No tendría más sentido enfocarse en ellos? ¿En los de los medios? Tienen una mucha más audiencia.

—Exacto, tienen mayor audiencia, y me parece que precisamente por eso los evitan. Enfocarse en ellos podría ser un error precisamente por lo establecidos que están. Ya tienen un montón de seguidores que los defenderían a capa y espada, además de que con el nivel de audiencia que tienen fácilmente podrían armar un escándalo que exponga a estos bots. Por si fuera poco, ellos tienen millones y podrían vivir de ellos el resto de sus vidas. Podría apostar lo que fuera a que tu necesitas tu trabajo.

—Así es —dijo bajando la cabeza.

—¿Pasó algo? ¿Ya te ocasionaron problemas? —preguntó Alejandro.

—Digamos que se encuentra disfrutando de unas maravillosas vacaciones forzadas —respondió Gabriel.

—Un montón de gente habló a la oficina ayer exigiendo que me despidieran, amenazando con sabotear las campañas de la empresa. Mi jefe me mandó a casa diciendo que él se encargaría de todo, dijo que ya había pasado algo así antes.

—¿Hablas de cuando despidieron a Lucy? —dijo Gabriel.

—¿Qué? —preguntó casi gritando— ¡Eso no me lo dijiste ayer!

—Pues tampoco me dijiste que te dijo que "ya había pasado algo así antes".

—Esto es precisamente su objetivo —interrumpió Alejandro—. Desestabilizarte, si llegaras a perder tu trabajo o estuvieras bajo amenaza de perderlo seguramente no tendrías tiempo para seguir criticando o exponiendo al gobierno. Estos bots son tanto distracción como amenaza. Y lo mejor de todo es el anonimato bajo el que lo hacen.

—¿Lo mejor? —cuestionó Fabiola.

—Desde su punto de vista, claro. De esta manera ya que técnicamente puedes decir lo que quieras sin censura y ya que no se puede probar que el gobierno es quién te está ocasionando problemas, no es percibido como autoritarismo. Nadie te ha quitado tu libertad de expresión, simplemente te han ocasionado los problemas suficientes para que no tengas tiempo o quieras volver a expresarte, y lo hicieron anónimamente.

—Bueno, anónimamente pero… ¿Dices que conoces al que hizo los bots?

—No lo he confirmado pero estoy seguro de que es él. Julián Herrera. Lo apodábamos sabandija. Hace años, cuando era estudiante, tuve varias clases con él, un tipo que todo el tiempo hablaba de distopías que había leído en diferentes libros. Hablaba de cómo vivía la gente, el tipo de gobierno que había, sus rutinas, lo que podían hacer y lo que no, etc. Pero la parte de la que disfrutaba hablar más eran los métodos que utilizaba la autoridad para mantener el control. Podía pasar horas discutiendo los pros y los contras de cada método con quién le prestara un oído. Una vez en la cafetería, se sentó conmigo y me comentó que había estado ideando una mejor manera de mantener el control. Le dije que el punto de esos libros era generar conciencia de lo que podía llegar a ser el futuro si no nos cuidábamos como sociedad, que eran advertencias, no guías. Al ver mi reacción, dijo que obviamente no lo planeaba hacer, que solo quería escribir un libro también, uno más interesante y quería hacerme algunas preguntas para validar sus ideas ya que yo llevaba algunas clases de inteligencia artificial.

—¿Quería que le ayudaras a hacer bots? —preguntó Fabiola.

—Probablemente era su intención inicial y cambió cuando vio que no compartía sus ideas.

—Pero le respondiste las preguntas que tenía —declaró Gabriel.

—Si, a pesar de que me incomodaba saber por qué lo preguntaba me encantaba hablar sobre el tema. Además nunca pensé que realmente fuera a llegar a lograr algo.

—¿Qué fue lo que te preguntó? —preguntó Fabiola.

—En resumen quería validar si era posible simular interacciones humanas en línea. Quería un sistema que pudiera leer comentarios y distinguir cosas básicas como el género, edad y nombre de los usuarios. Quería validar si se podían crear cuentas que respondieran en automático a ciertas acciones.

—¿Y tú le dijiste cómo?

—No exactamente, yo solo... lo encaminé. Le pasé vínculos a algunos estudios sobre reconocimiento de lenguaje. Le dije que había manera de automatizar tareas en la mayoría de las redes sociales. Incluso le mostré una máquina en casa que comenzaba a descargar archivos cuando publicaba ciertas instrucciones a una cuenta específica de Twitter, estaba orgulloso de ella así que le expliqué cómo la hice y le dije que sí, que todo lo que decía era técnicamente posible. No creo que me haya entendido del todo, pero obtuvo la validación que quería.

—¿Bueno y si tan seguro estás de que fué el por qué no lo denuncias a la policía?

—Está trabajando para el gobierno. Temo que de hacerlo solo revelaría que se lo que está pasando.

—Ok, entiendo. ¿Qué tal con la gente directamente, en internet?

—He tratado, pero cada vez que escribo sobre los bots mis publicaciones son bloqueadas, las reportan por abuso.

—¿Pueden los bots hacer eso? —preguntó la chica.

—Pueden hacer todo lo que tú puedes hacer en el sitio. Al principio yo trataba de reportarlos a los administradores, y me hacían escuchaban. Cerraban o suspendían las cuentas. Pero no tiene caso, los bots solo crean más. No puedo seguirles el paso —continuó Alejandro.

—Por eso quería reunirme contigo, con cualquiera de las víctimas de los bots, tenemos que hacer algo, probablemente fuera de línea.

—¿Tenemos quiénes?

—Eres la única que ha respondido. El resto o ha borrado sus cuentas o prefieren dejar el asunto por la paz —Alejandro dirigió la mirada hacía abajo.

—Tal vez yo también debería dejarlo por la paz.

—¡No! —dijo Alejandro, provocando que sus acompañantes retrocedieran un poco—. Lo siento, no quise asustarte. Es solo que no pueden ganar, no podemos dejar que censuren las redes de esta manera.

—¿Pero qué podríamos hacer?

—Aún no lo sé.

—¿Y para eso nos hiciste venir? —preguntó Gabriel—. ¿Para que a final de cuentas tú no tengas siquiera una propuesta de que hacer?

—Ahora por lo menos saben lo que está pasando. Eso debe servir para algo. ¿No? —dijo, a lo que Gabriel respondió volteando la cara.

—¿Quizá si creamos un grupo al que se puedan unir personas a las que los bots han atacado? A alguien más podría ocurrírsele algo y cuando seamos los suficientes podríamos hacer algo más —aventuró Fabiola.

—Puede ser —contestó Alejandro contemplando la idea.

En eso Gabriel recibió un mensaje. Vió su celular, un mensaje decía:

"¿esta es la amiguita que estabas defendiendo ayer?" —seguido por un vínculo.

# QUINCE

Gabriel abrió el vínculo. Sus ojos se abrieron bastante. Llevaba directo a la página de Fabiola dónde se leían las siguientes publicaciones:

"¿Ya se cansaron? ¿Les traigo su biberón?"

"Ya dejen de estarme comentando perdedores, váyanse a llorar con sus mamás, lloricas"

"¿En serio van a estarme chingando por esto? No aguantan nada pinches jotos"

Habían sido publicadas con 5 minutos de diferencia entre sí, todas en la última hora. Le enseñó su celular a Fabiola.

—¿Qué chingados? —le arrebató el celular de la mano—. ¡Es una copia de mi cuenta!

—¿Una copia? —preguntó Alejandro y extendió la mano para que le pasaran el celular. Fabiola lo ignoró.

—No creo que sea una copia chaparra, es tu cuenta— le dijo su amigo.

Ella bajó para ver el resto de las publicaciones, eran las suyas. Dejó el celular de Gabriel en la mesa y sacó el propio de su bolsa.

Alejandro agarró el celular de Gabriel y exclamó —¡Oh no! ¡No no no no no! No puede ser.

¿En serio? ¿Contestaste una de esas encuestas que dicen «contesta las preguntas y descubre que personaje de la película eres»?

Fabiola borró las publicaciones desde su celular.

—Si… he contestado varias, generan muchas respuestas de mis seguidores. ¿Por qué?

Alejandro se llevó la mano a la frente y dijo:

—No leíste los términos. Para publicar tu resultado, la aplicación te pide permiso de hacer publicaciones en tu nombre. Seguramente ellos crearon alguna de las encuestas que contestaste. Pueden publicar en tu nombre. Préstame tu celular.

—¿Para qué? —cuestionó.

—Solo préstamelo —ella lo hizo y él explicó— voy a quitar esos permisos antes de que sigan haciendo más publicaciones por ti, aunque probablemente el daño ya está hecho.

—¿Cómo te diste cuenta? —preguntó ella a Gabriel.

—Karen me mandó un mensaje.

—¿Karen la de la oficina lo vió?

—Conociéndola yo creo que todos lo vieron.

Alejandro terminó de ajustar la seguridad y permisos de la cuenta de Fabiola y le regresó su celular.

—Gracias, tengo que irme. —Se levantó de su silla y Gabriel la siguió.

—Pero aún no hemos ideado un plan —objetó Alejandro.

—Lo haremos después, tengo que ir a la oficina, de cualquier manera sabes como localizarme.

# DIECISÉIS

En todo el tiempo que llevaba trabajando ahí, el camino de vuelta a la oficina jamás le había parecido tan largo. Al inicio Gabriel había tratado de hablar con ella para calmarla un poco pero Fabiola simplemente no le respondía; con un caminar intenso, estaba demasiado ocupada imaginando que toda la oficina estaría hablando de ella.

—Seguramente Nancy está diciendo algo como «yo siempre supe que era una hipócrita, pero no quisieron creerme. Pero bueno, ahora lo ya ven» —pensó.

Por más coraje que le diera lo que podían estar diciendo de ella, lo que realmente le preocupaba era su situación con el jefe. Esto no podía haber ayudado a su situación, seguramente tardarían aún más en dejarla volver. «Si es que te dejan volver» pensó e inmediatamente se obligó a pensar en algo más.

Cuando finalmente entraron a la oficina, todo estaba en silencio. Al verla sus compañeros la saludaban bajando un poco la cabeza y luego seguían haciendo lo suyo. Esto era extraño, lo normal era que después de la hora de la comida hubieran aún pláticas por aquí y por allá. De pronto supo por qué. Su jefe, que generalmente estaba de buen humor, se encontraba fuera de su oficina con los brazos cruzados, asegurándose de que todos siguieran trabajando. Sus miradas se cruzaron y el señor Reginaldo le indicó con la mirada que lo siguiera a su oficina. Él le abrió la puerta y antes de pasar dirigió una mirada general al cuarto a manera de advertencia.

Ya dentro de la oficina Fabiola tomó asiento frente al escritorio, después él se sentó en su silla. Nerviosa porque él no decía nada, ella comenzó rápidamente:

—Supongo que todos vieron las publicaciones de Faceplace. No las hice yo, alguien tuvo acceso a mi cuenta pero…

—Sabemos que no fuiste tú, o bueno, la mayoría sabemos que no fuiste tú. Pero eso ya no importa. Ni siquiera he podido terminar de apagar el incendio de ayer cuando sale uno nuevo.

—Pero este no fué mi culpa.

—Tu culpa o no he tenido que reestructurar equipos, tranquilizar a nuestros clientes, y tratar con cualquiera que llame para quejarse de ti. Y encima hoy al regresar de comer me encuentro con que la mitad de mis empleados están discutiendo con la otra mitad por unas publicaciones que encontraron en internet. Estoy a punto de bloquear Faceplace en la oficina —dijo y tomó un respiro— lo siento Fabiola, pero estás despedida.

—Pero tiene que haber una manera, nadie tiene que saber que trabajo aquí, puedo decir que trabajo en otro lado. Puedo cerrar mi cuenta.

—Las quejas que recibimos ya no son el único problema. Quiero que sepas que hice todo lo que pude pues realmente te veo mucho potencial, pero al final la decisión vino de arriba. La señorita Jimena es una buena persona, pero ha sufrido mucho… rechazo en esta vida. Así que no *creemos* que haya lugar aquí para alguien que se exprese como tú —dijo con una mezcla de arrepentimiento y súplica en sus ojos.

Ella quiso decir algo pero no sabía qué ni cómo.

—Pero usted sabe que yo no… ¡Gabriel es mi mejor amigo! ¡Yo no podría!

—Yo sé —dijo haciendo énfasis en el yo— pero no importa. Tus publicaciones le han traído muchos problemas a este negocio. Se que no parece mucho, pero por lo menos logré que te extendieran hoy este cheque con tu finiquito. Así no te estarán dando largas con tu dinero. Tómalo.

Ella extendió la mano aún incrédula y comenzó a levantarse.

—Y esto otro es de mi parte, espero te sirva —dijo el señor Reginaldo entregándole lo que después vería era una carta de recomendación—. Por favor limpia tu escritorio antes de salir.

Fabiola salió de la oficina.

—No vuelvo a publicar más que memes —susurró.

# DIECISIETE

Gabriel fue con ella tan pronto salió de la oficina.

—¿Qué pasó chaparra? ¿Por qué estás temblando? —preguntó mientras la seguía a su escritorio.

—Me acaban de despedir —respondió.

—¿Qué? ¿Por estos últimos comentarios?

—Por estos y los pasados y los clientes. Por que Jimena dijo. Por que se acumularon muchas cosas, ya no estoy segura. El punto es que me despidieron —Fabiola notó varias miradas posadas sobre ella al mencionar esto último. Comenzó a recoger sus cosas. Se desesperó porque no tenía cómo transportarlas; no sabía que tendría que llevárselas hoy.

—Déjame te presto mi mochila —dijo Gabriel al notar la causa de su nueva angustia.

—Pero tú la necesitas —protestó.

—Yo puedo dejar mis cosas aquí. De cualquier manera la tarde paso por ella a tu casa. ¿Te parece?

—Gracias flaco. Me parece.

Guardó sus cosas rápidamente y salió de ahí sin despedirse de nadie. Camino a su casa le llegaron algunos mensajes privados de sus ahora ex-compañeros de trabajo, en general decían que había sido injusto su despido y que esperaban verla pronto. Ella respondió todos los mensajes tan pronto llegó a casa. Quizá por que esto era lo más positivo que había salido de su cuenta en estos días decidió conservarla.

Calculó que tenía suficiente dinero como para pagar los siguientes dos meses de renta, gasolina y comida. No era mucho, pero le daba tiempo para encontrar otro trabajo.

Por la noche llegó Gabriel con una botella de vino y se la pasaron hablando buena parte de la noche del maravilloso trabajo que ella encontraría dónde ganaría más dinero que ahora. De cómo ella lo recomendaría para un puesto y estarían trabajando juntos de nuevo en menos de lo que canta un gallo.

# DIECIOCHO

A la mañana siguiente vió que Alejandro le había mandado algunos mensajes, le preguntaba si todo estaba bien y que cuándo le parecía retomar el tema, tenían que hacer algo con los bots. Ella no estaba de humor, así que sólo le contestó que la habían despedido y que tenía que atender algunos asuntos antes, que ella lo buscaba.

A lo largo del día estuvo varias veces a punto de hacer publicaciones en Faceplace, pero terminaba optando por no hacerlo, incluso si ya lo tenía todo redactado.
«Mejor no moverle, si no digo nada, no me pueden comentar nada» pensaba.

Era difícil no tener nada que hacer, tan pronto se aburría abría sus redes sociales para entretenerse pero ahora tenía miedo a interactuar. Varias veces a lo largo del día vio comentarios con los que no estaba de acuerdo, comentarios a los cuales anteriormente ella hubiera objetado por el uso de ciertas palabras, pero ahora no podía hacerlo. Decidió buscar trabajo inmediatamente, de otra manera se volvería loca.

# DIECINUEVE

Casi terminaban los dos meses y Fabiola no había podido encontrar trabajo, y vaya que lo había tratado. Fue a una enorme cantidad de entrevistas pero generalmente no podía pasar de la entrevista con RRHH. En cada ocasión terminaban reconociéndola como "una de las regias intolerantes". Claro, nunca le decían directamente que esta era la razón, pero lo podía deducir por la manera en la que cambiaban de opinión.

Más de una vez estuvo segura de que obtendría el trabajo por lo bien que iba la entrevista, pero sin falta terminaba recibiendo un correo que le informaba "que no era lo que estaban buscando".

Lo peor era cuando la reconocían a mitad de la entrevista, le había pasado dos veces y en ambas la velocidad con la que la cara del entrevistador cambió le tomó por sorpresa «Hasta aquí llegué, en breve nos despedimos» pensaba, y así era. El colmo fue una ocasión en la que una persona interrumpió la entrevista para hablar afuera con el entrevistador y este al volver le dijo —una vez más— que "no era lo que estaban buscando".

Eventualmente volvió a hacer publicaciones en Faceplace, aunque ahora hablaba más de su día a día. Subía memes, chistoretes, ocurrencias, pero ninguna crítica. Aunque había perdido a sus seguidores, la primera vez que volvió a publicar estuvo todo el día vigilando los comentarios. Concluyó que con que no criticara al gobierno no pasaría nada.

En un inicio pretendía verse con Alejandro para ver cómo podían exponer a los bots, pero conforme pasaba el tiempo y sumaba rechazos laborales, sus ganas fueron menguando. Temía pensar en lo que podría pasar si lo hiciera. Poco a poco el se fue dando cuenta de que no podía contar con ella y sus comunicaciones cesaron.

# VEINTE

Habían pasado ya tres meses desde que la despidieron, sus tarjetas de crédito estaban al límite; no había manera de que pudiera pagar la renta de su departamento este mes. En algún punto consideró pedirle a Gabriel qué la dejara vivir con él, pero pronto descartó la idea; su departamento era demasiado pequeño y no sabía cuánto tiempo seguiría sin trabajo. También había contemplado aplicar para cualquier empleo —sin importar que este no estuviera relacionado con su carrera— pero no había logrado encontrar uno que pagara lo suficiente. Resignada, aceptó la propuesta que sus padres le habían hecho meses antes. Regresó a casa de ellos.

La recibieron de buena gana, en realidad ellos estaban felices de volver a tener a su hija en casa por un tiempo. Su papá había sacado el equipo de gimnasio con el que había llenado su antiguo cuarto y lo había readecuado para ella. Fabiola estaba agradecida, pero se sentía mal, fracasada.

Al día siguiente de haber vuelto con sus padres, estaban los tres desayunando cuando su madre dijo:
—Tal vez deberías borrar tus cuentas. Quizá así la gente termine olvidándose del asunto.
—Si, tal vez..
—Es en serio, consideralo.
—Si, si lo consideraré en serio —respondió algo fastidiada.
—Se que es un cliché en verdad me alegra el no haber contado con el internet cuando era más joven. Ahora todo lo que digas o hagas queda registrado para siempre para que cualquiera lo vea. Incluso si lo borras. Como la foto de la cantante esa —dijo su padre.
—¿Qué foto? —preguntó la señora.
—La foto esa donde está haciendo una cara rara en un espectáculo. Que hasta sus abogados demandaron para que la bajaran. ¿No la conoces?
—No —respondió su esposa.
—Mira, deja la busco —y se dispuso a hacerlo.
—Es por eso que no borro mis cuentas, no importa que tanto borre, siempre hay alguien que guarda una copia de todo —dijo Fabiola mientras su padre mostraba la foto de la cantante.
—Bueno, tu sabes —y continuaron desayunando.

Fabiola continuó buscando trabajo.

# VEINTIUNO

Aproximadamente un mes después de mudarse, recibió un correo con una oferta que no recordaba haber solicitado. Provenía de una organización gubernamental de financiamiento de casas para los trabajadores. No era el trabajo que ella quería, pero realmente no estaba en posición de rechazar ofertas. Además, si ellos la habían buscado seguramente ya la habían investigado, lo que quería decir que no habían encontrado nada o no les importaba su pequeño escándalo.

El día acordado se arregló para dar la mejor primera impresión posible y salió decidida a las oficina. Se encontraba inusualmente optimista, pensaba en que finalmente podría hacer algo de dinero otra vez, conocer más gente y quién sabe, quizá hasta eventualmente volver a hacer algo que le gustara.

Llegó al edificio 15 minutos antes, saludó al guardia, quien le indicó a dónde dirigirse. Una vez que llegó a la sala de espera, se presentó con la secretaria. Esta le indicó que tomara asiento, asegurándole que pronto la recibirían. Aprovechó ese tiempo para revisar todos sus papeles, traía su CV, acta de nacimiento, CURP, recibos de servicios, todo lo que le habían pedido. Aún así, estaba nerviosa.

A las 2:00 P.M. en punto la secretaría llamó a Fabiola y la guió a la sala donde la esperaba ya su entrevistador. Le abrió la puerta y se despidió. Fabiola entró.

—Fabiola Sánchez, buenas tardes, me alegra hayas venido —dijo el hombre de traje. Ella extendió la mano para saludarlo, pero él ya se estaba sentando, así que la retrajo y se sentó también.

—Sólo para que sepas y estés tranquila, de antemano hemos hecho una pequeña investigación de ti en línea. Salieron algunos detalles, pero nada que no se pueda arreglar.

—¡Oh! Me alegra —respondió ella.

—No te preocupes, no eres la primera a la que le pasa y seguramente no serás la última. Un momento haces una pequeña crítica a quién no debes y de pronto todo tu mundo se viene abajo. Varios de nuestros trabajadores han pasado por algo similar, pero ya habrá tiempo de que te familiarices con ellos la siguiente semana.

—¿La siguiente semana?

—Ah si, no te había dicho. Estás contratada.

—¿Así nada más? —preguntó sorprendida.

—¿No quieres el trabajo?

—¡No! Osea, si. Pero no hemos discutido que estaré haciendo, o mi sueldo, horas de trabajo, nada.

—Tu horario será de 9 A.M. a 6 P.M. de lunes a viernes, estarás atendiendo clientes y este será tu salario — dijo deslizando un papel a través del escritorio.

—Estaba esperando ganar un poco más —dijo ella.

—Oh, disculpa. ¿Has recibido una mejor oferta estos últimos meses? —preguntó el hombre viéndola directo a los ojos. Fabiola no respondió así que continuó— Lo siento Fabiola pero esto es lo que pasa cuando alguien critica sin saber, cuando alguien no sigue las normas de conducta establecidas.

Fabiola lo veía incrédula, alcanzaba a escuchar un tono amenazador proveniente de él.

—El sueldo está bien —dijo cautelosamente.

—Por supuesto que está bien ¿Tus padres no pueden mantenerte toda la vida o sí? —Fabiola no se atrevió a preguntar cómo sabía eso.

—Eso pensé. Naturalmente no quisiéramos que algo como lo que te sucedió vuelva a ocurrir, no nos gusta recibir esa atención, pero eso obviamente ya lo sabes. Así que tenemos una política la cual todo empleado tiene que seguir. Todas tus publicaciones tienen que ser previamente aprobadas por nosotros. Una nimiedad si me preguntas, velo cómo nosotros protegiéndote de decir algo que pueda volver a destruir tu vida. Las masas son raras, a veces tenemos que proteger a nuestros ciudadanos de sí mismos. Por eso creamos una serie de valores e ideologías correctas a las cuáles todos debemos apegarnos.

Fabiola se preguntaba por qué hablaba en plural. ¿Se refería a la sociedad? ¿A la empresa? No quiso preguntar, pues proyectaba una imagen que decía claramente que la hora de las preguntas había terminado.

—Parece que lo has entendido, ahora lleva tus papeles con la recepcionista y dile que empezarás a trabajar aquí el lunes, que lo dice el licenciado Julián Herrera —dijo mientras se levantaba, así que ella lo imitó. A Fabiola, que estaba en shock, le pareció familiar el nombre.

—Me alegra que esta entrevista haya terminado, no puedo esperar a automatizarlas —dijo mientras la acompañaba a la puerta.

De pronto Fabiola recordó, era el estudiante de quién le había hablado Alejandro.

—¡Oh! Casi lo olvido —dijo el hombre antes de llegar a la puerta—. Antes de que te vayas ¿Qué mejor manera de celebrar tu nuevo empleo que con un tweet? Publica lo siguiente: "No hay mejor sensación que trabajar ayudando a nuestros ciudadanos a obtener sus créditos hipotecarios. Mejor que estar de vacaciones".

Con un rostro que a duras penas lograba suprimir sus emociones, Fabiola abrió Twitter.

# EPÍLOGO

Habían pasado seis meses ya desde que Fabiola había aceptado el empleo. Ganaba una cantidad aceptable de dinero y comenzaba a sentirse confortable. Lo detestaba. Detrás de ese confort había un precio demasiado grande; se sentía rendida, vencida. Su sueño no era dedicarse a administrar hipotecas, no le gustaba atender clientes. ¿Pero qué alternativa tenía si nadie más la contrataba?

Sabía que podía contar con sus padres para salir adelante si no tuviera trabajo, pero odiaba la idea de ser una carga, de no poder valerse por sí misma, así que seguía trabajando.

Había algo más que la molestaba: contaba con sus padres *ahora*. ¿Y si no fuera así? Frecuentemente tenía esa pregunta presente y trataba de sacarla de su cabeza con alguna distracción, a menudo fracasando miserablemente. ¿Y es que cómo olvidar lo que los tweets forzados le recordaban a diario?

Llena de dudas, lentamente sacó su celular, buscó un número y marcó. Espero a que le contestaran.

—¿Alejandro? Tenemos que hablar.

UNA
CIUDAD
MODELO

# Una Ciudad Modelo

César Sandoval Puente

# Capítulo 1: El Bloqueo.

Voy a llegar tarde —dijo Armando—, el tráfico está de la fregada.

Colgó el móvil y lo dejó en el asiento de pasajero. El vehículo de enfrente avanzó unos cuantos metros, pero no más que eso.

¡Que fastidio! La junta de los lunes iba a comenzar en 15 minutos y no podía darse el lujo de perdérsela.

Lo mismo se repetía todas las mañanas. Las vialidades estaban sumamente rebasadas. Y lo peor era cuando llovía, pues el pavimento de mala calidad causaba que los autos resbalaran.

"Para una ciudad que se jacta de ser el motor industrial del país, es una situación bastante penosa", reflexionó el oficinista mientras cambiaba de carril.

Finalmente llegó al túnel central, uno de los tres accesos que comunican la capital Montemayor con la vecina Santa Teresa, ambas urbes separadas por una colina que se extiende por kilómetros.

Faltando 100 metros para la salida del conducto, se dió cuenta de la causa del atasco: un autobús urbano se hallaba detenido, probablemente por una falla mecánica, no había indicios de accidente.

La gente seguía en el interior. No les quedaba de otra que esperar a que llegara otra unidad para continuar con el trayecto. Algunos se habían bajado y hacían señas a taxistas, pero iban ocupados.

El incidente le recordó sus épocas de estudiante y de trabajador primerizo, cuando se veía forzado a viajar en transporte urbano: las aglomeraciones, los choferes groseros, la gente maleducada que bloqueaba las salidas y acaparaba los asientos con sus bolsas. Agradecía contar con un vehículo, que aunque modesto, era una bendición comparado con la alternativa.

¡Al fin salió por el otro extremo! Un cartel rezaba: "Bienvenido a Sta. Teresa".

Luego estaba la caseta de acceso. Volteó el rostro hacía una cámara inteligente que leyó sus rasgos faciales.

—Bienvenido, Sr. Gutierrez —dijo una voz robótica, a la vez que se levantaba la pluma vial.

Todos los visitantes de la ciudad debían registrarse. Eso aseguraba que el sistema de prestigio funcionara de manera adecuada.

El contraste entre las dos ciudades era remarcable: calles limpias y sin baches, jardines y plazas bien conservadas, banquetas sin obstáculos y con el tamaño adecuado para los transeúntes, incluso para aquellos en silla de ruedas. Todo aquello de lo que carecía Montemayor.

# Capítulo 2: La Reunión.

Se aproximó hasta el edificio donde laboraba, admirando la línea de rascacielos, con su majestuosidad y arquitectura vanguardista se contaban entre los más altos del país.

Una nueva cámara registró su entrada al estacionamiento en el sótano de la torre "Púrpura". Tomó el ascensor hasta el piso 21. En la recepción, una placa rezaba "Constructora Martínez y Hnos.". Saludó a Rosita, la recepcionista, y se fue directo a la sala de juntas.

La reunión ya había terminado. Hermenegildo, su jefe, le hizo una seña para que lo siguiera a su oficina.

¿Cómo estás, Armando? —Lo saludó, dándole la mano—, pásale y siéntate.

El lugar era amplio y de diseño minimalista. Sobre el escritorio de cristal se hallaba una única pantalla Mac.

Muy bien, batallando con el tráfico.

¡Ah!, si me pasó Rosita el recado. ¿Hubo un accidente?

No, un camión se quedó parado.

Es la segunda vez que pasa esta semana, se nos está haciendo costumbre llegar tarde —dijo malhumorado.

No vuelve a ocurrir.

Pues claro que no vuelve a pasar, ¿quieres saber por qué?

El oficinista estaba contrariado. No era común que su jefe reaccionara de esa forma por algo tan pequeño como un retardo. No atinó a responder nada.

¡Pues porque hemos decidido darte tu propio departamento en Santa Teresa!

¿C-cómo?

¡Así como lo oyes! ¿Te acuerdas de Amil el de sistemas? Pues ya no va a estar con nosotros, se regresa a su país y nos deja libre el piso. ¿Qué te parece?

Me parece estupendo.

Es una buena forma de premiar a nuestro empleado de cuatro estrellas y media, con esto de seguro consigues la que te falta.

Terminó de agradecer a su jefe y se dirigió a su cubículo.

"¡Qué buena noticia!", pensó, finalmente se convertiría en un residente de la ciudad de sus sueños. No tendría que estar yendo y viniendo todos los días, ni atravesar el maldito túnel.

Además, las rentas en el lugar costaban una fortuna y él lo obtendría gratis, como una prestación laboral.

En medio de sus pensamientos, alguien lo interrumpió tocándole el hombro. Giro la cabeza y se topó con Patricio, el gerente de ventas:

Ya me enteré del chisme, ¡felicidades, cabrón! —dijo con una sonrisa falsa, que parecía verdadera.

Muchas gracias.

A ver si hacemos una carnita asada para celebrar.

Estaría bien, hay que irla organizando.

Dicho lo anterior, se excusó y se dirigió a su escritorio, para el deleite de Armando.

No simpatizaba mucho con Patricio. Le parecía el típico hijo de papi que había entrado a la empresa con palancas. Con tan solo 25 años, 10 menos del oficinista, ya tenía un puesto similar y seguramente mejor pagado.

# Capítulo 3: El sistema de puntos

El régimen de estrellas lo instauró hacía 5 años el actual alcalde de la ciudad, el tecnócrata Fernando Garza, que en ese entonces eran un joven de tan solo 30. Algunos afirman que se inspiró en el sistema de créditos chino.

Su propósito es el de medir la "honorabilidad" de una persona, mediante una puntuación que cualquiera es capaz de consultar de manera instantánea, con una aplicación en el teléfono celular.

Todos los que residan o visiten Santa Teresa, deben registrarse en el "Ministerio de Sociedad", donde una cámara inteligente captura sus rasgos faciales. Se toman también las huellas y una imagen del iris, que sirven como medios de identificación y llaves de acceso a algunos lugares.

Al principio se recibe una puntuación de dos estrellas, el cual aumenta o disminuye de acuerdo a los actos y la conducta del usuario en la vida pública. Los delitos y sanciones administrativas restan puntos, mientras que el aumento se da, según el "Manual de Civilidad y Bienestar" de la siguiente forma:

"Las primeras tres estrellas enmarcan la conducta virtuosa y el buen actuar. Evita cometer actos que vayan en contra de las leyes y códigos civiles del municipio y no incurras en faltas a la moral y honorabilidad de las personas".

"La cuarta estrella es la de la pertenencia, los habitantes de Santa Teresa se enorgullecen en invertir tiempo y recursos en el municipio. ¡Sal a pasear por tu ciudad y visita sus museos, restaurantes y centros comerciales!"

"La quinta estrella es la de la beneficencia, apoya buenas causas, dona tu esfuerzo a instituciones y personas que engrandecen la vida de los menos afortunados"

Para Armando, conseguir el primer trio de insignias había sido fácil. Sus faltas más comunes eran las de tráfico, pero poco a poco aprendió a seguir al pie de la letra el reglamento: no pasarse los altos, no estacionarse en lugares prohibidos, colocarse el cinturón de seguridad y no hablar por teléfono, a menos que fuera con el sistema de manos libres.

Una gigantesca red de cámaras, que se extiende por calles, parques, centros comerciales y edificios públicos y privados (los que así lo permiten), es el mecanismo para aplicar las sanciones. Además, existían los "Agentes de Civilidad", facultados con el poder de sustraer los susodichos puntos.

Al oficinista le parecían exageradas algunas de las penalidades, por ejemplo, en una ocasión le restaron de su puntuación por "cruzar la calle por un lugar que no es paso peatonal". Ocurrió una noche lluviosa en la que llevaba mucha prisa y no quiso caminar hasta la esquina donde estaban las líneas. No había tráfico.

"Pero es el precio del orden", se dijo, mientras abría el archivo en el que iba a trabajar ese día. Además, una infracción tan pequeña solo le descontaba una cantidad minúscula de puntos. Tendría que cometer demasiados actos como éste para perder una estrella.

La cuarta insignia fue más difícil de obtener. Procuraba pasar el mayor tiempo posible en Santa Teresa, incluso después del trabajo recorría las plazas y tiendas. Comía y cenaba en el municipio, siempre que su bolsillo se lo permitiese. Hasta la despensa la compraba en el "Súper Smart", que estaba frente a su oficina. Finalmente, después de unos 6 meses, obtuvo la presea.

Seguía trabajando en la última rúbrica, aquella que distinguía el altruismo. Donaba parte de su salario a la "Asociación Episcopal Contra el Cáncer", y además daba clases de inglés a niños en el "Orfanato de San Pedro", dos veces a la semana por las tardes.

Pero por alguna razón, seguía sin lograr la última. Después de un año, le pidió a Patricio su opinión sobre el asunto:

Pues a lo mejor la que te falta no es la quinta, güey, puede ser que no hayas completado alguna de las otras.

Pero si hago todo lo que me piden, sigo las reglas y paso el tiempo aquí en la ciudad y compro muchas cosas.

Pues sí, pero no vives aquí, ese tiempo no te lo están contando…

¡Claro!, ¡esa era la respuesta! ¿Por qué no se le había ocurrido? Los residentes de Santa Teresa pasan día y noche en la ciudad, además pagan rentas, impuestos y servicios municipales. Con el departamento que la empresa le iba a proporcionar, la cuestión quedaría zanjada, seguramente.

# Capítulo 4: Una tarde tranquila.

Se llegó la hora de la comida y Armando acudió a su lugar favorito: "De Medici", un restaurante italiano de 4 estrellas, lo que significa que solo a aquellos con esa puntuación se les brinda el servicio. No siempre se daba esos lujos, por lo regular iba los de tres, que eran más asequibles. Pero hoy estaba celebrando.

El resto de la tarde fue rutinaria. Llenar reportes, enviar correos, terminar unas tablas de Excel. Finalizó el día, se despidió de sus compañeros y se encaminó hacia el hospicio, pues le correspondía impartir su clase de inglés.

La mayoría de los niños del aula eran atentos y entusiastas por aprender el idioma, con notables excepciones, como era el caso de Pablito. Sus amigos lo apodaban "la ardilla", por su complexión delgaducha, voz aguda e incisivos prominentes.

Le sorprendió que levantara la mano, pues era poco participativo:

Maestro, que significa la palabra "Bald".

Quiere decir "calvo", Pablito.

¡Ah!, entonces es como usted, "Mr. Bald" —dijo mostrando su dentadura y soltando una carcajada. Le siguieron las del resto de los niños.

"¡Maldito roedor!", pensó, era verdad que tenía entradas, pero distaba mucho de padecer alopecia.

Animado por las risas, repetía una y otra vez la frase "Mr. Bald, Mr, Bald", mientras aplaudía. A como pudo, el oficinista se contuvo. Esperó a que se callara y lo ordenó que se marchara a la oficina del director para recibir su castigo.

No podía darse el lujo de perder esta posición. Las plazas estaban peleadas y otros tipos de servicio social eran más demandantes o humillantes. Un compañero de trabajo recogía basura de las calles por las mañanas.

El resto de la hora transcurrió normal. Se escuchó el timbre de salida. Armando recogió sus cosas y se marchó. Necesitaba relajarse y por lo tanto condujo hasta el "Parque Natural de Chenoa", un área boscosa en la Sierra Mayor.

El lugar estaba a solo 15 minutos de la escuela. Las residencias de los "santateresitenses" (como se denominaba a los habitantes de la ciudad) dominaban el paisaje. Algunas de esas viviendas eran auténticos palacios edificados en las faldas del cerro.

Llegó justo antes de la hora de cierre, ya habiendo oscurecido. Subió con cuidado la vereda principal, auxiliado con la lámpara de su celular. Después de 20 minutos cuesta arriba, arrivó al mirador, una brisa fresca y el olor a pino inundaban el ambiente.

Se apoyó sobre la baranda y contempló el horizonte. Al norte se podía observar la metrópoli vecina, que sobresalía por su tamaño, tres veces mayor. Una línea de rascacielos recorría la sierra que dividía ambas urbes. Estaban ubicados en una de las avenidas principales de Santa Teresa y funcionaban casi como un muro.

Este paseo lo hacía regularmente después del trabajo, pues quería evitarse el tráfico de la hora pico.

# Capítulo 5: El regreso.

Era momento de volver a casa. Ya para las 9 de la noche, las casetas de salida, ubicadas en los túneles, estaban despejadas. Una voz maquinal le dijo:

Vuelva pronto Sr. Gutiérrez —al momento en que la cámara escaneó su rostro.

Salió por el otro extremo después de 2 minutos. Un cartel rezaba "Bienvenido a la Capital del Norte", como se le conocía a Montemayor.

Manejar por las calles de esa ciudad era una pesadilla. Sin un sistema de puntos que los rigiera, los conductores no tenían inhibiciones. Cambiaban de carril sin previo aviso, daban vuelta donde no debían, no respetaban límites de velocidad ni cedían el paso a peatones.

El estado de las vialidades era lastimoso, demasiados baches y bordos. La falta de mantenimiento era tal, que Armando ya se había aprendido de memoria la ubicación de las fallas en el pavimento y de eso modo las evadía. Sin embargo, las lluvias recientes habían provocado la aparición de nuevos hoyos, por lo que debía tomar precauciones adicionales.

Llegó a su vivienda, un departamento pequeño en el centro. En el pórtico lo esperaba un "regalito". Un trozo de excremento del perro de su vecino. Simplemente lo ignoró, ya lo recogería más tarde.

"Que gente tan corriente", se dijo, "descuidar a su mascota de esa forma les restaría muchos puntos en Santa Teresa."

Lo anterior no le había quitado el buen humor. Mañana iría con Hermenegildo a ver el departamento que se le iba a asignar. Se dio un baño y preparó su merienda para el día siguiente. Se puso a ver una película, pero no pudo terminarla pues se quedó dormido.

# Capítulo 6: El depa.

El tráfico de la mañana estaba más tranquilo de la habitual, en media hora había atravesado el túnel y cinco minutos después estaba en la oficina. De allí partieron él y su jefe al complejo de viviendas.

En el camino charlaron poco, pues el gerente se la pasó hablando por teléfono. El edificio se hallaba en las afueras de la ciudad, lejos de la empresa. Era una caja gris, algo deslucida. El guardia les dio la entrada y también instrucciones para llegar a su destino.

Bajaron la escalera hacia el sótano, recorrieron el pasillo al fondo y llegaron al número 104. La puesta estaba abierta. El lugar se hallaba en tinieblas, por lo que Armando prendió la luz.

El oficinista no pudo ocultar su turbación.

Yo sé que a lo mejor no es lo que esperabas, pero danos oportunidad. A lo mejor se libera otro departamento en unos meses —dijo su jefe.

No era solo el tamaño reducido, una sola habitación con una cocineta en miniatura, sino también la falta de ventanas.

Yo sé que estás pensando en que el cuarto no tiene ventilación, pero no es así. Tiene uno de esos nuevos sistemas inteligentes, déjame te lo muestro.

Accionó un interruptor y una corriente de aire emanó desde una abertura cerca del techo, mientras que otra ventila en el extremo parecía capturarla, lo cual creaba una corriente.

Y tampoco te van a faltar ventanas, ¿ves ese recuadro de allá?

En la pared del fondo se apreciaba un rectángulo negro, parecía un televisor de pantalla plana, pero sin los bordes.

Su jefe extrajo un control remoto de su bolsillo, después de accionar unos botones, el recuadro se iluminó y mostró un hermoso paisaje con montañas.

Yo tengo una de esas en la casa —dijo Hermenegildo—, tienen una resolución tan alta, que parece real.

En efecto, al acercarse a la pantalla no podían distinguirse los pixeles de la imagen. También incluía sonido, al subir el volumen podía escucharse pájaros trinando y viento. Contaba con varias escenas como "la playa" o "noche lluviosa".

Seguía sin estar convencido, para empezar, ¿Dónde iba a meter sus muebles?

Pero, por otro lado, no pagaría renta y obtendría sus preciados puntos, ¿Qué podría perder? Además, no usaba su departamento actual más que como dormitorio, ¡Qué desperdicio de espacio! Y lo mejor de todo es que no tendría que viajar diariamente a ese monstruo de ciudad. Acepto las llaves y le dio las gracias a su jefe. Regresaron a la oficina, no sin antes detenerse a desayunar en un café de 3 estrellas.

Esa tarde se la pasó buscando información de mudanzas. Había decidido que colocaría los enseres sobrantes en una bodega, para posteriormente venderlos. Incluso se desharía de su cama matrimonial para comprar una individual.

Las horas restantes las invirtió en organizar los documentos para una reunión que tendría con un cliente extranjero el fin de semana. Discutiría los pormenores de un proyecto en el que estaba trabajando. La junta se daría en un restaurante de 4 estrellas y media y se requería un permiso especial para el visitante, pues de otro modo no le dejarían entrar al lugar.

# Capítulo 7: La tragedia.

Todo parecía marchar a pedir de boca. Había luchado por sus anhelos y finalmente su esfuerzo daba resultados. Pero como quien dice: "un día estás en la cima, y al otro en plana caída".

Era viernes, faltaban solo 4 horas para su reunión con William, el experto en tecnología de Silicón Valley. Los incompetentes del servicio de fletes habían enviado sus muebles a un almacén incorrecto, al otro extremo de Montemayor. Estaba hablando con ellos mientras conducía hacia al aeropuerto para recoger al gringo. Tuvo que frenar bruscamente, por lo que el teléfono móvil se desprendió del aparato de manos libres. Se agacho a recogerlo instintivamente, pero el vehículo seguía en marcha, se asustó y frenó, lo que ocasionó que el coche de atrás lo impactara.

Fue un choque muy leve, calculó que no habría daños de consideración, pero perdería mucho tiempo en lo que llegaba el seguro. Tendría que llamar a la oficina para avisarles que no podría pasar por William. Descendió del auto para comprobar el daño, al mismo tiempo se bajaba un señor trajeado de un Mercedes-Benz, con una mueca de irritación.

¡Mira lo que hiciste, pendejo! —exclamó.

Armando pretendía darle la mano, pero se detuvo al escuchar la frase.

¡Ándale!, llama a tu mugre seguro, que no tengo todo el día.

Esto último molestó mucho al oficinista, le indignaba sobremanera la actitud prepotente de algunos adinerados de Santa Teresa, por lo que contestó:

Mire, no soy su gato para que me ande mandando.

Esto último lo hizo enrojecer al sujeto, el color le subía hasta cráneo, de escasos cabellos canosos. Se acercó desafiante, hasta solo unos centímetros del rostro de su interlocutor, quien pudo oler su perfume caro.

Eres un mendigo achichincle, manejas carro de pordiosero y te vistes como pinche de cocina —dijo recalcando cada palabra.

El imputado no pudo aguantarlo más y le dio un empujón, que lo mandó hasta el suelo. Se estaba levantando, y se arremangaba el saco con intención retadora, cuando de repente, se escuchó un silbato.

¡Uta madre! —dijo el viejo.

Por el otro extremo de la avenida se acercaba una agente de civilidad, venía en su bicicleta roja característica. El panel frontal contaba con una sirena que estaba activada. Descendió una mujer policía muy joven. Con la cámara de un dispositivo escaneó el rostro de ambos Ciudadanos Gutiérrez y García, por haber causado disturbios en la vía pública van a tener que acompañarme a la delegación.

Pero si yo hice nada —empezó a decir el tal García.

Le recuerdo que mentir a un oficial puede agravar los cargos.

No volvió a insistir. La fémina pidió una patrulla por radio, la cual arribó 5 minutos después. Ambos fueron esposados y montados en el asiento de atrás. El viejo iba refunfuñando todo el camino, decía cosas como "no sabes con quien te metiste" y "ya te cargo la chingada", por lo que el oficial al volante tuvo que callarlo.

# Capítulo 8: El Juicio.

Al llegar, los pasaron casi inmediatamente con la jueza, una señora ya entrada en años y con el cabello pintado de un rosa intenso.

Adelante los acusados —ordenó.

Ambos subieron a una especie de pódium. Un anunciador divulgó los nombres:

El Sr. Armando Gutiérrez Martínez y el Honorable Ministro de Cultura Mauricio García de Cevallos.

"¿M-Ministro?", pensó el empleado.

En ese momento lo recordó: había visto a ese tipo en el periódico recientemente. Había inaugurado un museo o algo por el estilo. ¡Ahora sí que estaba en serios problemas!

Se leyeron los cargos: colisión vehicular causada por distracción visual, agresión física y verbal. Por suerte un micrófono instalado en un poste de vigilancia inteligente había captado los insultos del funcionario.

El hecho de contar con una grabación simplificó el asunto: si "El Distinguido" quisiera presentar una demanda por los ataques, se tendría que hacer público el audio que contenía las palabras del susodicho.

Siendo que tenía una "reputación que cuidar", este último decidió no proceder legalmente. Se determinó que el culpable del accidente solo tendría que pagar los daños al vehículo, asunto que tendría que arreglar con su seguro.

Lo anterior, sin embargo, correspondía solamente al procedimiento civil. Quedaba pendiente el "juicio de civilidad". El cual estaba programado para iniciar en una hora.

Armando aprovechó ese lapso para llamar a su jefe. Otro compañero había recogido al americano, quien se hallaba descansando en su hotel. Habían pospuesto la junta para el día de mañana, lo cual le quitó un peso de encima.

La Corte de Civilidad seguía sus propias normativas. A no estar sujeta a los códigos legislativos estaba presidida por los "Sinodales Éticos", los cuales se reunían en la llamada "Sala de Vigilia". Le sorprendió el tamaño del recinto, asemejaba a un salón de conciertos con sus gradas y paredes acústicas.

Un escáner captó sus rostros y una voz mecánica anunció: "se encuentran en la sala los ciudadanos Gutiérrez y García"

Una sección de las gradas se separó del resto y descendió hasta el nivel del piso como si se tratara de escaleras eléctricas. Allí estaban la "Sinodal Maestra" y sus asistentes, vestían su característica túnica azul y llevaban "anteojos inteligentes", lo que les daba un aire futurista.

Señor García, pase al frente por favor —dijo la lideresa, una mujer joven de pelo negro muy liso.

El viejo caminó hasta el centro de un círculo dibujado en el piso, el cual asemejaba un ojo abierto.

Ciudadano, sabemos que se vio envuelto en un accidente en la mañana del día de hoy. Debo decir que su conducta fue menos que ejemplar, sus dichos en contra del ciudadano Gutiérrez, captados por el micrófono No. 4596 incluyen insultos y términos peyorativos.

El burócrata asintió con expresión anémica.

Por lo tanto, el comité ha determinado que se le reste media estrella a su puntuación, para un total de 4.5. ¿Tiene alguna objeción, ciudadano?

"¿Ese patán tenía 5 estrellas?", se dijo Armando.

Ninguna, su señoría —dijo el imputado.

Gracias, puede retirarse Sr. García.

Se marchó, no sin antes dirigirle una mirada al empleado.

Ahora toca el turno al ciudadano Gutiérrez, acérquese por favor.

Entró al círculo, una luz brillante le apuntaba en la cara, por lo que entrecerró los ojos.

Ciudadano, una distracción al volante hizo que causara un accidente en la Avenida Principal, hecho captado por la cámara 642. El agravante en este caso, es que se trató de un descuido causado por el uso del celular. Debido al aumento de accidentes, algunos de consecuencias muy trágicas por el uso del móvil, se ha determinado que se considere una falta severa su uso inadecuado al conducir.

En este punto, el oficinista estaba lívido, con las manos sudorosas y el pulso acelerado.

Se ha determinado que la sanción sea de 2 estrellas y media, pues además se encuentra el hecho de iniciar una agresión física que pudo haber desencadenado en una pelea. Por lo cual su puntuación queda en 2 estrellas. ¿Alguna objeción?

Su visión se puso borrosa y sentía que las piernas le fallaban, pero sabía que debía componerse, respiró de manera profunda, la sinodal lo miraba de manera inquisitiva. Atinó a decir:

S-su señoría, no me parece justo el castigo. Yo hago todo lo que puedo, me esfuerzo por ser una persona de integridad. Paso mucho tiempo en la ciudad y realizo actos de altruismo, como lo dicen las reglas. Creo que tengo derecho a una pena menos severa.

Al escuchar lo anterior, los consejeros se acercaron a la lideresa, hablaban entre ellos y accionaban pequeños controles en sus lentes. Los cristales eran también pantallas en miniatura que les permitían ver documentos e incluso archivos multimedia. Después de unos minutos guardaron silencio y regresaron a sus lugares.

He discutido la cuestión con mis asesores. Es verdad que ha sido un individuo ejemplar, sobre todo en fechas recientes. Por lo cual hemos decidido reducir la sanción, será de 2 estrellas para una puntuación final de 2 estrellas y media. ¿Alguna otra objeción, ciudadano?

No, su señoría.

Pues en ese caso, se levanta la sesión.

Las gradas retornaron a su posición original. Cuando el oficinista salió de la sala, ya estaban anunciado otro nombre.

# Capítulo 9: El día siguiente.

El tráfico fue malo, un idiota chocó contra un tráiler, lo que dejó dos carriles inutilizados. A pesar de eso, el empleado llegó temprano a su trabajo.

Puso la huella del dedo índice en el control de acceso, pero el indicador de apertura marcó en rojo. Lo intentó nuevamente con el mismo resultado. Se acercó el guardia, un tipo regordete.

¡Ah!, Armando, me comentaron los de recursos que te pasara a su oficina.

"Lo que me faltaba, ¿Qué querrán ahora?", se dijo el aludido.

Llegó hasta la puerta marcada como "R.H" y tocó dos veces.

Pasa —dijo Luis Barrera, el jefe del área. Un tipo delgaducho, de pelo relamido.

Saludó y se sentó sin ser invitado.

Me enteré de lo ocurrido y lo lamento mucho.

Gracias, agradezco  la preocupación.

Iré al grano, habrás notado que tu huella no pasó en la mañana.

Sí, eso me extrañó mucho…

La expresión del gerente se volvió sombría.

Se trata de una nueva política, que se va a implementar. Se va a requerir que los empleados tengan una puntuación de al menos tres estrellas.

P-pero, eso no se nos ha notificado.

Es porque apenas lo van a anunciar, pero no te preocupes, solo llena está forma —dijo mientras extraía una hoja.

¿Qué es esto?

Es mera formalidad, en resumen, dice que te comprometes a aumentar tu puntuación en un periodo de tres meses.

Tomó la hoja con disgusto. "Que sinvergüenzas", se dijo, "tantos años trabajando para la empresa y así le pagan a uno".

Firmó y se dirigió a su cubículo. Justo cuando se sentó, recibió una llamada de Hermenegildo: ¿Puedes venir un momento a mi oficina?

"Como si tuviera otro remedio", pensó malhumorado, mientras caminaba hacia la puerta cristalina.

¿Cómo has estado? Siéntate por favor.

Pues aquí batallando con esta gente.

Me enteré que te fue muy mal ayer.

Sí, se pasaron de exagerados. Fue un accidente nada más.

Y escuché que el tal Mauricio fue un patanazo.

Totalmente odioso e insufrible. Yo ni lo conocía y disque es ministro.

A mí sí me ha tocado saludarlo, es medio mamilas y está medio loco. Mi esposa es prima de su esposa.

¿Por qué medio loco?

Su casa parece museo, tiene un montón de esculturas prehispánicas. El tipo aparte de ser político, estudió arqueología o algo así.

Pinche viejo.

Pero en fin, supe que te hablaron los de recursos.

Sí, me hicieron llenar un formato…

Es una tontería, hace poco salieron los jefes con la novedad de que querían que la empresa tuviera una "certificación de excelencia". Así es que todos vamos a tener que tener tres estrellas.

¿Y de verdad van a correr a los que no cumplan?

Lo dudo, lo más probable es que los hagan firmar convenios una y otra vez.

Alguien tocó la puerta, era Patricio. El jefe le indicó con señas que pasara.

Perdón por interrumpir, pero la reunión con el gringo es en media hora.

¡Es verdad, la habíamos cambiado para hoy! —dijo Hermenegildo, levantándose.

Voy a preparar los papeles —dijo Armando.

Pero ¿Cómo le vamos a hacer? —dijo el recién llegado, con una sonrisa nerviosa—, el restaurante es de 4 estrellas.

Pues háblales a ver si le dan chanza a Armando.

Se pusieron en contacto, sin embargo, las políticas del lugar requerían que se hiciera una reservación especial con una semana de anticipación.

Por lo tanto, se decidió que el oficinista los acompañaría solo en espíritu, o para ser más precisos, mediante un programa de mensajería instantánea. Pasaron los 30 minutos, ya en la sala de juntas había conectado su laptop al proyector para una mejor imagen. Del otro extremo, se inició la comunicación.

El gringo se parecía un poco a Robert Redford, hablaba el español de manera decente:

Ah, el señor Gutiérrez dijo a la cámara, gusto en conocerlo.

Igualmente, mucho gusto.

Hablaron del asunto que los ocupaba, pero solo durante unos 5 minutos. De repente, el aparato emitió un pitido y la comunicación se cortó. El empleado revisó los cables, pero todo parecía correcto. La app indicaba "lost connection".

Estaba a punto de hablarle a su jefe, pero recibió una llamada de Patricio:

¡Me vas matar! Se me apagó la laptop y no traigo el cargador.

¡Pero cómo!, Se te olvidó, ¿o qué?

Si, lo dejé en la oficina.

¿Y cómo le vamos a hacer?

No te apures, yo le explico a Willy lo que necesite saber, también conozco el proyecto.

Pues sí, pero hay muchas cosas que no sabes.

No te escucho, se me está cortando la llamada.

¿Bueno? ¿Me oyes?

Hay mala recepción, te marco más tarde.

"Ese maldito haragán, ¿cómo puede ser tan despistado?", se dijo Armando, "Quizás planeó todo el asunto, no sería la primera vez"

Ya anteriormente le había intentado robar el crédito. En una ocasión mintió sobre unas mejoras en procedimientos, intentando adjudicárselas.

Entró a su oficina buscando el adaptador olvidado, pero por supuesto, no lo encontró. Seguramente lo hallaría en su mochila, si pudiera registrarla.

Se resignó y esperó a que terminara la reunión. Una hora más tarde, estaban ambos de regreso.

¿Cómo les fue?

Muy bien, Pato le explicó todo al cliente y quedó muy satisfecho —dijo Hermenegildo.

Ah, ¡qué bueno!, me da gusto.

No pude darle todos los datos —dijo el aludido—, pero hice lo posible.

De todos modos, voy a programar una reunión para después, aunque sea a distancia —dijo Hermenegildo.

Si, solo esperemos que no se nos acabe la pila —dijo el oficinista.

Todos se rieron y volvieron a sus escritorios. Se llegó la hora de comida.

# Capítulo 10: Hamburguesas.

Las opciones culinarias se volvieron limitadas, la mayoría de los establecimientos de la Avenida Principal exigían un buen puntaje. La recorrió de lado a lado hasta divisar un puesto de comidas con el letrero "no se requiere puntuación".

Contaba con mesas instaladas en la banqueta, se sentó en la más lejana y esperó al mesero. Ordenó la "Hamburguesa Clásica", quince minutos después estaba en su mesa.

Su aspecto era convencional, pero al hincarle el diente, ¡qué maravilla! La consistencia perfecta, la sazón adecuada y la mezcla de ingredientes precisa. Del mismo modo las papas, doradas al grado correcto y con el condimento adecuado.

Estaba a punto de terminar, cuando escuchó una voz que lo llamaba.

¡Ah, pero si no es nadie menos que Armando!

Giró la cabeza y se topó con Genaro Martínez, el CEO de la empresa. Estaba a punto de levantarse para saludarlo, pero le colocó la mano en el hombro:

No te molestes, ¿te puedo acompañar?

Si claro, adelante.

Se sentó al frente, el muchacho se acercó a tomarle la orden.

Señor Martínez ¿va a querer lo de siempre?

Claro, pero ponle queso a las papas, por favor.

Muy bien, en un momento se lo traigo.

A pesar de que vestía de manera casual, el líder destacaba del resto de los comensales con sus lentes y camisa de diseñador. Era más o menos de la edad del oficinista, pero se había quedado calvo y se rapaba la cabeza.

¿Viene muy seguido para acá? —preguntó el empleado.

¿Bromeas? ¡Es mi lugar favorito! Veo que pediste la clásica, ¿Qué te pareció?

Estupenda, no esperaba que estuviera tan buena. Es la primera vez que vengo

Oye, me enteré de lo que te pasó, que horror.

Si, se pasaron de abusivos.

Me pareció una tontería, quitarte tantos puntos por un pequeño error. Este sistema es una barbaridad.

No está tan mal, al menos hay orden.

— "Quien renuncia a su libertad por seguridad, no merece ni libertad ni seguridad" —dijo Genaro, con rostro serio.

Ese Ben Franklin de seguro no tenía vecinos ruidosos.

El CEO soltó una risa estridente.

Los prefiero a ellos cualquier día. A quien no soporto es a los habitantes de esta ciudad.

Al notar la confusión de su interlocutor, siguió hablando:

Son completamente falsos, por fuera son todo sonrisas y cuando menos lo esperas te apuñalan por la espalda. Al menos tus vecinos son transparentes.

Si, y dejan excremento de perro en mi puerta…

Se rio nuevamente. El mesero le trajo su comida.

Escucha, yo sé que quieres recuperar tus puntos. Me gustaría ayudarte.

El oficinista lo miró expectante.

Conozco al alcalde personalmente, éramos compañeros en la facultad. Si se lo pido, probablemente te conceda una cita. Estoy seguro de que te pudiera ayudar con ese asunto.

¡Eso sería estupendo!, lo agradecería mucho.

Hoy por ti, mañana por mí. Déjame contarte una cosa, es algo confidencial.

Se acercó hasta casi pegar el rostro con Armando.

Hermenegildo está pensando en retirarse, pronto vamos a ocupar un nuevo director para el área de informática.

¿En serio?

Si, los otros directores quieren nominar a Patricio como su suplente. Pero a mi nomás no me agrada ese tipo.

—No es precisamente un pan de Dios.

A lo que quiero llegar es que la cuestión de la puntuación podría suponer la diferencia. A mí no me importa esa tontería, pero mis asociados están obsesionados con el tema.

¿Cuánto tiempo tengo?

Un mes, a lo mucho. De esa forma puedo argumentar a tu favor.

Haré lo posible, pero no sé cuánto pudiera avanzar en ese periodo.

Hay maneras, pero háblalo con Fernando.

Claro.

Bueno, te dejo. Probablemente te llame la próxima semana. Nada más no contestes mientras vas manejando.

Ambos se rieron.

# Capítulo 11: Filantropía.

Se llegó la hora de salida, tocaba impartir la clase de inglés.

Arribó al hospicio, solo para enfrentarse a la misma situación que la ocurrida en la mañana. El guardia de la caseta le indicó que pasara a la oficina administrativa.

Lo esperaba el Vicario, Padre Amaro, le invitó a sentarse en una silla de madera, muy antigua.

Lamento tener que ser yo el que le diga esta noticia… —empezó a decir, pero el oficinista lo interrumpió:

Déjeme adivinar, mis servicios ya no son requeridos debido a mi puntuación.

El devoto guardó silencio un momento, meditando su respuesta.

Esta situación es una total perversión del sacramento de la iglesia.

¿Cómo así?

Este sistema, corrompe la inclinación natural del hombre por el altruismo y la generosidad.

Y sin embargo, funciona…

El clérigo lo miró inquisitivamente.

Mire, piensa usted que alguien en su sano juicio se tomaría la molestia de venir a enseñar a niños malcriados después de trabajar por 9 horas —dijo el empleado.

Pues he conocido a muchas personas devotas y sacrificadas en mis años de servicio.

Ellos también hacen créditos, para la vida en el más allá que creen que van a obtener.

Creo en la virtud desinteresada —dijo el párroco, alzando la voz.

Pues, después de todo, usted es el hombre de fe.

Dicho lo anterior, abandonó el lugar.

Una hora después estaba en su departamento. Se dio a la tarea de buscar otras convocatorias de servicio social. No deseaba quedarse a la expectativa de recibir la llamada milagrosa.

Había poquísimos puestos y la mayoría exigían ridículas niveles de estatus. Varias empresas privadas habían empezado a ofrecer posiciones.

"Vaya filantropía, ayudar a llevar a carritos de supermercado", se dijo.

No le dio importancia y mando sus datos al gobierno del municipio, buscaban a una persona para pintar bardas.

Los de la mudanza llegarían en dos días, por lo cual comenzó a acomodar sus enseres en cajas de cartón. Debía decidir que objetos llevaría a su departamento y que otros irían a la bodega. El espacio reducido de su futuro hogar limitaba sus opciones.

Se encontraba a la mitad del proceso, cuando recibió una llamada.

¿Hola?

¿Si?

¡Ah!, perdón por llamar a estar horas, habla Genaro.

Ay, si, si, dígame.

Pues con buenas noticas, hablé con Fernando hace rato, dice que te puede recibir mañana a las 8.

¿De veras?

Si, te paso por correo las instrucciones para que llegues. Le voy a decir a Hermenegildo que te de el día libre.

No sabes cuánto te lo agradezco.

No me agradezcas todavía, vamos a ver qué pasa.

Se despidieron y colgó la llamada, sentía la respiración agitada y palpitaciones.

Se relajó lo mejor que pudo con un baño caliente. A la mañana siguiente, estaba en camino dos horas antes de la cita.

# Capítulo 12: El Alcalde.

Llegó temprano. El edificio era una mole de cristal y concreto de estilo contemporáneo.

Se fue a tomar un café mientras se daba la hora de la cita. Faltando quince minutos, acudió a la recepción, la secretaria lo anunció.

En un momento lo reciben, señor Gutiérrez, tome asiento.

Pasó una hora completa. Se hallaba a la mitad de la página de una novela que estaba leyendo, cuando lo interrumpieron:

Y puede pasar, señor, suba el piso 4, oficina 10, por favor.

Muchas gracias.

Tomó el ascensor, la puerta tenía una placa que rezaba "H. Alcalde de Sta. Teresa". Tocó tres veces.

Adelante —escuchó desde el interior.

Entró al lugar, la decoración era minimalista y moderna. En el centro se hallaba un escritorio muy alto, de esos que permitían ajustarse para trabajar de pie. El funcionario se acercó a saludar al recién llegado y lo invito a sentarse en una silla alta, idéntica a la suya.

Disculpa si te es incómodo, compré estos muebles para evitar estar sentado durante tanto tiempo, le hace daño a mi espalda.

No hay problema.

Era un individuo inusualmente joven para el puesto que ocupaba, unos cinco años menos que el oficinista. Era algo que se notaba aún más en persona y su delgadez acentuaba ese rasgo.

Pues me comentó Genaro lo de tu situación y estuve revisando la información de lo que pasó.

Le agradezco mucho que haya podido recibirme.

No pasa nada. Por cierto, fuiste el primero al que se le aplica un castigo tan severo por lo del celular.

¿En serio? ¿Y cómo se decide eso? Si se puede saber…

Claro, no es un secreto. El sistema es automático, simplemente les asigna penas más severas a aquellas faltas que se cometen más seguido.

¿La gente habla mucho mientras maneja?

No solo eso, escriben mensajes de texto y hasta juegan. Esos malditos aparatos están diseñados para ser adictivos. De todos los accidentes del año, el 90% han sido por culpa de ese motivo.

Suena bastante drástico.

Así es, pero afortunadamente ya se corrió la voz y ahora la gente es mucho más precavida. Incluso me reportan que están instalando sistemas de manos libres aquellos que no los tenían. Es una buena noticia. A mí me encanta este sistema, gracias a él se ha logrado mantener el orden.

¡Qué alivio!, y yo que pensaba que ibas a ser crítico, como Genaro…

Para nada, solo porque tuve mala suerte en esta ocasión, no significa que me parezca malo.

El regente miró a la ventana por un momento y suspiró.

No siempre fue tan aceptado, al principio la gente lo repudiaba.

¿Y cómo se le ocurrió establecerlo?

Reflexionó un momento su respuesta.

Fue después de realizar un viaje a China, ellos adoptaron un sistema parecido. Si critican al gobierno o cometen crímenes, se registra en una base de datos. Si la puntuación baja demasiado, pierden derecho a ciertos servicios gubernamentales.

He escuchado sobre el asunto, en algunos casos les impiden sacar pasaporte o acceder a ciertos servicios médicos…

Correcto, sin embargo, sería difícil trasladar algo similar a este país, pues habría que modificar demasiadas leyes. Por lo tanto se decidió que el funcionamiento estuviera basado exclusivamente en el prestigio.

¿Cómo es eso?

No hay ningún reglamento que obligue a los negocios o empresas a sumarse a la estructura, ellos lo hacen porque así lo desean. Tampoco se castiga penalmente a aquellos con bajo puntaje, ni se les niegan atenciones municipales.

Ya entiendo.

La única pena, es el estigma negativo asociado con las pocas estrellas y las disposiciones que las empresas privadas adopten.

Y la mayoría lo aceptó…

Si, a los restaurantes, por ejemplo, les fue muy conveniente. A pesar de perder algunos clientes, podían cobrar más por el "servicio premium" a personas con alta reputación.

Ah, y lo mismo para los lugares de trabajo.

Exacto, pueden presumir de tener a "los mejores empleados".

¡Uy, si! La crema y nata…

Fernando lo miro a los ojos.

Me imagino que de allí viene el motivo de esta cita…

Ahora le tocó el turno al oficinista de meditar su contestación.

Admito que estoy aquí por razones egoístas. No sé si mi empleo esté en peligro, pero mi promoción definitivamente lo está. Desde hace varios años he estado buscando un ascenso y ahora no se si pueda obtenerlo.

No, no. No lo considero algo egoísta. Todos queremos progresar en esta vida y es natural que estés preocupado.

Gracias por entenderlo.

Déjame decirte una cosa —dijo acercando al rostro a su interlocutor— existe una forma de lograr recuperar los puntos rápidamente.

¿En serio?

Si, se le llama "Servicio Cívico Excepcional" y es una manera de reconocer aquellas acciones que benefician a la comunidad a gran escala.

¿Cómo los actos heroicos?

Sí, pero no necesariamente. Se puede lograr dicha contribución a través de ciertos proyectos.

¡Estupendo!, soy todo oídos.

Bueno pues déjame ver qué proyectos hay disponibles para este mes.

Giró la vista hacia el monitor de su computadora. Murmuró unas cuantas palabras para sí mismo e hizo ruidos de desaprobación mientras negaba con la cabeza.

Esto no te va a gustar para nada...

¿Qué cosa?

Tiene que ver con la manera en que se generan estos esquemas. El Ministerio de Civilidad los crea y los asigna a los otros ministerios, pero solo adjudica una cierta cantidad por mes.

¿Y ya se acabaron? Pero si apenas estamos a día 10...

—N o, queda uno disponible. Pero le pertenece al honorable Ministro de Cultura.

¡Mauricio García!

Exacto.

Armando estaba devastado, no atinó a contestar.

Mira, el tipo es muy temperamental. Lamentablemente, te lo topaste de malas. Eso pudo haber sido por mi culpa.

¿Por su culpa?

Así es, no aprobé uno de los museos que quería construir. No hay presupuesto para eso.

Ah, eso explica muchas cosas. De igual manera, no le da derecho a portarse así...

Pues tú decides, puedo echarle una llamada, o nos esperamos al mes que entra.

Lo meditó por unos segundos.

Pues, no tengo nada que perder. Adelante con la llamada.

Muy bien, probablemente tenga noticias para esta tarde.

Le agradezco mucho.

Nombre, no hay de qué.

Dicho lo anterior, finalizó la reunión.

## Capítulo 13: El Antropólogo.

Empleó el resto de la mañana para coordinar el traslado de sus bienes al nuevo departamento. La cama fue particularmente difícil de acarrear por el estrecho pasillo. Se rompió una lámpara y se perdió una caja.

Después de tres horas todo estaba más o menos en su lugar.

Se preparó de comer en su nueva cocina. Pasaron 15 minutos y se hallaba disfrutando de un filete empanizado en su mesa individual.

El celular vibró, la pantalla indicaba número desconocido. Una voz femenina se puso al habla:

Buenas tardes, le paso llamada del Alcalde.

Si, gracias.

Hola, ¿Cómo estás? ¿No estás ocupado?

Muy bien. No, dígame.

Hablé con Mauricio hace rato, dice que te puede recibir hoy a la noche. Quiere disculparse por lo que pasó y te va a dar los detalles del asunto.

Estupendo.

La cita es en su casa, te paso la dirección por mensaje. Te quiere invitar a cenar, para que te vayas sin comer.

No sabe cuánto le agradezco su ayuda.

Para eso estamos. Bueno, te dejo, mañana te hablo para ver cómo les fue.

Sí, claro.

Se cortó la comunicación.

Pasó el resto el resto de la tarde preparándose para la reunión. Se duchó, afeitó y se puso su mejor traje.

El lugar estaba ubicado en el barrio más opulento de la ciudad. Verdaderas mansiones distribuidas en la Sierra Mayor, que parecían desafiar la gravedad y las normas de construcción.

La casa del Ministro, de estilo mediterráneo, estaba sostenida por pilares y contaba con una amplia terraza al frente que dominaba la vista de la ciudad. Contaba con su propio camino de acceso.

El oficinista detuvo la marcha, presionó el botón de llamada en el portero y una voz masculina contesto:

¿Diga?

Buenas noches, es Armando Gutiérrez.

No hubo respuesta, las puertas del portón se abrieron y continuó el ascenso. Llegó a una pequeña explanada y aparcó en uno de los cajones señalados como "visitante".

Se dispuso a tocar el timbre, pero la puerta se abrió y reveló la figura de Mauricio.

¡Mi estimado!, pasa por favor.

Se dieron un firme apretón de manos.

Vámonos al comedor, sígueme por favor.

El recibidor, de doble altura, estaba repleto de esculturas. Pinturas y telares recubrían los muros de terracota. La mayoría pertenecía a épocas prehispánicas.

En el pasillo, gigantescos jarrones se ubicaban a los costados. Vigas gruesas recorrían toda su extensión. La iluminación acentuaba los detalles y hacia destacar las obras de arte.

En la sala, lo que más llamaba la atención eran los fósiles de animales y homínidos. Algunos estaban escarbados en rocas y otros eran auténticas osamentas parciales o completas.

Finalmente llegaron al comedor, con una portentosa mesa de madera de una sola pieza. Un tronco gigantesco partido en su longitud conformaba la superficie para los comensales.

El anfitrión se sentó en la cabecera y le indicó a su huésped que ocupara el asiento más próximo. Hizo sonar una campanilla, una mujer ya entrada en años apareció por el corredor.

¿Qué te sirvo de tomar? —le preguntó a Armando.

Lo que usted tome está bien.

Tráenos la botella del tequila Jimador —le dijo a la criada.

Encendió un cigarro y le ofreció uno a su invitado, pero este negó con la cabeza.

Déjame empezar ofreciendo disculpas, aquel día me estaba llevando la chingada y me porté muy mal.

No hay problema, si me comentó algo de eso Fernando.

El ministro puso cara de desagrado.

Ya me tiene hasta la madre ese tal Fernando.

El oficinista optó por cambiar el tema:

Su mansión es impresionante.

Pues como dicen "el hogar es donde está el corazón".

Me llamaron la atención los fósiles…

Algunos los excavé yo mismo. Aunque mi trabajo la política, mi pasión es la antropología.

Que interesante, aunque admito que no se mucho sobre el tema.

Escuché que trabajas en una empresa de tecnología.

Sí, se dedican a hacer software.

Pues en mi opinión, seguimos siendo los mismos changos, solo que con computadoras.

Ambos se rieron, llegó la bebida y la cena: pollo marinado.

Está delicioso —dijo Armando.

Qué bueno que te gustó.

Comieron en silencio un momento, el político tomó la palabra:

Así que, quieres que te asigne un "servicio cívico" – dijo con ironía.

Es correcto, aunque no sé qué esperar del asunto.

Pues es una de las ultimas locuras de nuestro querido Alcalde. Se supone que debes hacer una labor "extraordinaria".

¿Y en qué consistiría?

Pues en este caso, comerciales.

¿Cómo los de la TV?

Para varias plataformas, radio, internet, etc.

¿Y cuál sería mi rol en el asunto?

Pues serías el oficinista, por supuesto.

¿Yo?, pero ni siquiera soy actor…

Quieren a una persona que se vea como empleado de verdad.

¿Y de que tratarían los anuncios?

El anfitrión suspiró profusamente.

Propaganda

¿Propaganda?

Una de esas ridículas "campañas de concientización", para decirle a los niños que no deben manejar mientras usan el celular.

Ahora, le tocó a Armando el turno, de guardar silencio, después de un momento, respondió:

Pues eso suena como una burla. Tuve un accidente porque se me cayó el teléfono, y ahora quieren que salga en anuncios…

Pues yo que sé, a mí solo me asignaron el proyecto. Por alguna razón piensan que el Ministerio de Cultura debería actuar como Ministerio de Divulgación.

Lo entiendo, pero no tengo otra opción más que aceptar.

Al viejo se le subieron los colores al rostro.

Pero claro que tienes alternativa, puedes mandarlos al carajo.

Sí, ¿pero qué pasaría con mi trabajo?

Pues te consigues otro y ya, si quieres yo te doy empleo.

Lo agradezco, pero me costó mucho llegar a donde estoy.

Pero, ¿dónde estás?, eres un asalariado, trabajas para otros. Si no te despiden ahora, te despiden mañana.

Pues no todos nacemos con cuchara de plata…

Para este punto la cara del político estaba como remolacha.

Ahórrame tu juerga de desamparado. ¿Me vas a decir que mereces más por venir desde abajo? ¡Esto no es una meritocracia!

Pues puede que se convierta en una – dijo el oficinista, intentando mantener  la voz serena.

El burócrata se carcajeó hasta doblarse.

¿Éste sistema, una meritocracia? —Dijo entre risas—, ¡No me digas!

Pues no será perfecto, pero es un inicio…

¿Un inicio de qué?

Del camino que nos llevará a le seguridad y el orden, que son los elementos de la prosperidad.

Pues yo creo que es justo lo contrario, el bienestar viene primero y le siguen los otros ingredientes.

Pero, el orden de los factores no altera el producto.

Sí que lo hace. No es lo mismo que alguien actúe de buena gana por voluntad propia, a que actúe de ese modo por temor.

Pero, ¡los ciudadanos eligieron ese sistema! No es algo que se les haya impuesto…

¿Y cómo estás seguro de eso? Quizás no sabían en lo que se estaban metiendo…

Pues es bastante popular según los sondeos.

¿Y no será que solo dicen eso por miedo a que les quiten sus puntos?

Entró la señora al cuarto para llevarse los platos, lo cual permitió disminuir un poco la tensión de la atmósfera. Una vez que terminó, el funcionario dijo:

Planeo postularme para alcalde el año que viene, voy a competir contra Fernando y quitar de una vez por todas ese sistema de mierda.

¿Y cree poder lograrlo?

Los ciudadanos de Santa Teresa están conmigo, y con eso me refiero a los verdaderos residentes.

¿Cómo así?

Esta ciudad fue fundada por un grupo de familias, ellos son los que llevan las riendas y no les gusta para nada lo que está pasando.

¿Entonces no exageran cuando dicen que se casan entre primos?

El político rio estrepitosamente.

Pues como dicen, "la sangre tira".

Le dio un trago a la botella.

Pero nos estamos desviando, voy a darte la encomienda.

Extrajo unos papeles de un maletín.

Es tu contrato, expedido por el Ministerio de Bienestar. Pero antes de dártelo, quiero que estés consciente de lo que estás aceptando. Esta campaña es masiva, se van a producir anuncios para todas las plataformas. La gente va a reconocer tu rostro cuando pases por la calle, vas a ser famoso.

Le extendió el acuerdo a su invitado.

Pues mientras sea por una buena causa, no me importa que se use mi nombre o mi imagen.

Que sea como tú quieras.

Armando leyó en silencio todos los incisos, al terminar firmó y devolvió los papeles. La reunión llegó a su fin y se despidieron con un apretón de manos.

# Capítulo 14: El comercial.

El edificio del canal 48, uno de los más antiguos de la ciudad, destaca del resto con sus muros de ladrillo y sus arcos que adornan la fachada y el patio interior.

La televisora es la única que produce contenido local para la ciudad, incluyendo la publicidad oficial del gobierno.

Nuestro personaje, ahora vuelto estrella, fue citado a las puertas del recinto tres días después de su cena con el arqueólogo. Allí lo recibió Leticia, la productora:

Muchas gracias por aceptar, creemos que eres la persona adecuada para el proyecto.

Era bastante rolliza, pero se movía con soltura por los pasillos del perímetro. Lo invitó a que lo siguiera hasta el claustro donde se hallaba un coche estacionado con una enorme pantalla verde que se cernía como un muro.

El elenco lo conformaban el oficinista, una mujer joven y una niña rubia que se parecía a una de las gemelas Olsen a su edad.

El concepto del comercial era bastante pedestre; un hombre maneja su coche por una calle cualquiera, cuando, de repente, se escucha un sonido de notificación de celular. El chofer revisa el aparato solo para toparse con un mensaje en letras rojas que dice "MIRA AL FRENTE".

El automovilista obedece al aviso, solo para darse cuenta de que está a punto de atropellar a una pequeña, por lo que frena bruscamente, ella en lugar de amedrentarse, hace sonar un silbato. Inmediatamente después, aparece por el lado izquierdo una oficial que toca la ventana del conductor.

Al bajar el vidrio, la agente con rostro de desaprobación le indica al infractor que revise su teléfono. En la pantalla aparecen cinco estrellas iluminadas, que poco a poco se van a pagando hasta llegar a cero.

La escena final es la del rostro del oficinista, que mira directamente a la cámara con expresión de desdicha. Un estribillo se escucha en el fondo: "si tus puntos quieres retener, la vista en la calle debes mantener".

Lo anterior sonaba como algo más o menos sencillo de realizar, pero el director estaba medio chiflado. Era un treintañero con aspecto de "chavorruco" que se creía estaba haciendo una película de Kubrick.

Pedía repetir las tomas de forma obsesiva, experimentaba con múltiples ángulos de cámara y le exigía a los interpretes ejecuciones dignas del Oscar.

La chica tampoco ayudaba. Resultó que era una modelo con aires de grandeza. Demandaba un tratamiento de lujo, que incluía: comida vegana, agua de manantial y descansos cada quince minutos para retoque de maquillaje y peinado. Además, se quejaba por todo.

La única profesional era la niña, seguía las instrucciones al pie de la letra, a pesar de que se volvían cada vez más estrafalarias con el paso el tiempo.

Después de tres días de filmación, quedó listo el comercial. Una semana después fue liberado al público mediante las plataformas tradicionales y las digitales. También se crearon anuncios panorámicos con la foto del oficinista con expresión angustiada y una pantalla de celular con cero estrellas.

# Capítulo 15: Las secuelas.

La publicidad se volvió viral, pero no por los motivos que se pretendían, sino por la forma tan estrafalaria en que estaba elaborada.

La primera escena, cuando el conductor manejaba, estaba grabada desde un ángulo sumamente bajo y con un lente tipo ojo de pescado, que distorsionaba la perspectiva. Una música lúgubre lo hacía parecer película de horror.

Luego, al observar el mensaje, la cámara hacía acercamientos y desenfoques, acompañada de efectos especiales de destellos. Lo anterior se repetía al divisar a la niña en medio del camino.

La criatura, a pesar de ser casi atropellada, aparecía con actitud demasiado confiada y retadora al hacer sonar un silbato que misteriosamente cargaba.

La oficial de policía se veía excesivamente arreglada y su uniforme entallado resaltaba sus curvas. Además, se movía con gracia inusual. La posición de la cámara destacaba su trasero.

Y la escena final, del rostro del oficinista, se prolongaba por demasiado tiempo. El coro con la cancioncilla lo cantaban unas mujeres y un efecto de eco lo hacía sonar como si estuvieran en una iglesia.

Considerando lo anterior, no es de sorprender que el video fuera vapuleado sin piedad en las redes sociales. La gente lo compartía solo para burlarse. Del mismo modo, se reían cuando aparecía en la televisión. Lo retiraron a solo dos días de haber salido al aire.

Armando saltó a la fama. La gente lo detenía en la calle para tomarse fotos y pedirle autógrafos. Hacían sonar el claxon cuando lo veían manejando.

El noticiario local le hizo una entrevista, donde se revelaron los detalles de cómo se comprometió al desastroso proyecto. El público lo veía como una víctima de las circunstancias y por lo tanto se ganó su simpatía.

Recuperó sus puntos rápidamente y obtuvo lo que le faltaba para completar las cinco estrellas. Los accionistas de la empresa decidieron convertirlo en el nuevo director del área de informática. Siendo el voto de Genaro Martínez, el decisivo.

Le otorgaron un departamento más amplio (donde si cabían sus muebles) y le devolvieron su puesto en el Orfanato. Pablito, el niño con dentadura prominente, estaba especialmente contento con tenerlo de vuelta.

A Patricio Betancourt no le fue tan bien. Dejó la empresa porque un primo suyo le ofreció un puesto gerencial en una compañía de marketing, sin embargo, una transnacional compró el negocio y prescindieron de sus servicios.

Hermenegildo se retiró y disfruta del calor y las olas en una playa del Caribe.

Mauricio se postuló para alcalde al año siguiente. Después de una reñida competencia, perdió por tan solo 500 votos. No volvió a intentarlo y dejó la ciudad para explorar unas ruinas arqueológicas en Bolivia.

Fernando inició su segundo periodo ampliando el alcance de su sistema de prestigio. Ahora incluía aquellas actividades que los ciudadanos realizaban en línea, como publicar entradas en sitios web.

Debido a un repunte en el crimen, la ciudad de Montemayor adoptó un modelo similar al año siguiente. Le siguieron otras urbes hasta llegar a casi la totalidad del país.

# Abrupción

J.P. Buentello

# Cap. 1 El sujeto experimental.

A las seis de la mañana la habitación se llenó de azul, poco a poco se convertía en luz blanca mientras sonaba música casi angelical, "Canon y giga en re mayor para tres violines". Alex abrió los ojos en un ritual diario para despertarse.

Envuelto entre sábanas de seda, grises como el acero, se estiró por unos segundos. Estaba casi calvo a los treinta años, esbelto y largo como una jabalina, parecía que el cuerpo le colgaba de la cabeza, extremadamente racional, con una agudeza intelectual sobresaliente.

Ese nueve de enero la vida le daría un vuelco a su rutina, a la disciplina y al control que pensaba tener acerca del destino.

Minutos después ya estaba en la caminadora. Mientras se ejercitaba, detuvo la música con la voz y llamó al asistente digital. Angie le contestó:

Buenos días Alex, espero hayas dormido bien. La temperatura el día de hoy oscilará entre los 4 y 8 grados centígrados.

— Gracias Angie. Dime la agenda del día.

— A los ocho de la mañana tienes una junta con la Doctora Arreola. A las nueve…

Espera — Se limpió el sudor con una toalla blanca y se dirigió al cuarto de baño — ¿Para qué es la reunión? ¿Tú la programaste?

— Es una reunión oficial, la programó la Dirección, tiene prioridad A.

— ¡Maldición! Espero no quieran volver a revisar el presupuesto anual.

— No Alex, la Doctora Arreola es de Innovación y Desarrollo.

Alex Fierro trabajaba para Century XXII, una compañía multinacional con capital en prácticamente todos los tipos de industria. Estaba en el corporativo en el área de finanzas.

Después de arreglarse y tomar un sustancioso desayuno, se dirigió a su estudio. Ahí se sentó en su silla giratoria de piel negra y activó el interruptor que ya parpadeaba. En ese momento apareció la Doctora Arreola en holograma, con tal nitidez que parecía estar de manera presencial frente a él.

— Buenos días Sr Alex— Dijo con acento español.

— Buenos días, ¿a qué debo tan agradable visita? — Preguntó con sarcasmo.

— Soy la Doctora Arreola del…

— Sí, ya sé quién es usted— La interrumpió — Por favor vayamos al grano.

No le quito mucho tiempo. Es muy breve lo que tengo que informarle. Usted fue seleccionado por el Comité como sujeto experimental.

— Imposible. Estoy muy ocupado.

Bueno Sr Alex, este es uno de los proyectos más importantes de la compañía. Hay una inversión millonaria. La pura selección de los sujetos tardó más de tres semanas, por tal motivo le pido de favor me escuche.

— ¿Quién está en ese Comité? ¬ expresó intrigado.

— El grupo Directivo, la asignación fue aprobada por el CEO.

— ¡Diablos! Bien, prosigue.

— El experimento tendrá una duración de siete días.

— ¡Qué! Estaré fuera una semana.

Permítame señor. Realmente nos gustaría que tomara este tiempo para relajarse, sabemos que no salió muy bien en su último check up médico. Por lo cual consideramos que esto le favorecerá en la medida que usted ponga todo de su parte. El próximo lunes volará a Filipinas, donde lo llevarán a la isla San José, ¿la conoce? Es un lugar paradisíaco.

Sí, sí, no sabía que tuviéramos laboratorio en ese sitio, además ya no existen lugares

paradisíacos.
— No señor, no es un laboratorio. Es un centro para descansar.
— No entiendo. ¿En qué consiste el experimento?
— Como le decía, el plan es que usted se relaje. Vaya al spa, coma bien, a la playa…
— ¿Acaso quieren que evalúe el servicio?
No, nada de eso. El lugar es privado. Sólo para proyectos de la compañía. El descanso y el reposo son requisitos del protocolo de investigación, para que usted tenga su mejor desempeño.

¿Y qué es lo que voy hacer? — Lo dijo con tono de desesperación; le molestaba sobremanera dar demasiado rodeo a las cosas.

El primer día es para que llegue y conozca el lugar. Los demás días interactuará con tres sujetos experimentales. Un día con cada una de ellas, son mujeres, y se espera que usted intime con cada una de ellas.

¿A qué se refiere usted con intimar? — empezó a sonrojarse, a tensarse, de tan sólo sospechar.
— Bueno, usted sabe …
— No, no sé, explíquese.
— Tener sexo con cada una de ellas.
¡Está loca! ¿Cómo se atreven a pedirme semejante aberración? Como si yo fuera un simple cuyo de laboratorio.
— Por favor tranquilícese, las mujeres están sanas, parecen modelos.
— No quiero escuchar más. ¬ contestó indignado.
De un golpe apagó el artilugio. Agitado, empezó a vociferar groserías. La parte más sensible de su ser había sido trastocada, era heterosexual, pero tenía ciertas dificultades al relacionarse con las mujeres. En ese momento se vinieron a su mente recuerdos llenos de fracaso, dolor y vergüenza.
Desde la adolescencia, el mínimo contacto físico lo excitaba en extremo, se ponía nervioso, tenso, perdía por completo el control y terminaba mucho antes de la cópula. Había ido con médicos, pero le abrumaba tanto el tratamiento que lo dejaba a medias. Eso lo había alejado completamente del sexo opuesto.
Pronto llegó a la conclusión de la necesidad de hablar con su jefe directo lo antes posible. Simplemente se negaría, no podían obligarlo. Intentó toda la mañana en comunicarse con él, pudo localizarlo hasta pasado el mediodía.
¿Puedes explicarme en palabras simples, porqué me están metiendo en esto? — preguntó con una voz más de angustia que de enojo.

En primer lugar porque eres un ejecutivo de toda nuestra confianza, eres soltero, latino, joven, inteligente y muy honesto. Esas fueron las cualidades que me solicitaron por parte del Comité.
— Pero…
¡Vamos Alex! Cuántos de nosotros daríamos lo que fuera por ser seleccionados para esto. Te ganaste la lotería hombre. ¿Cuál es el problema? No te consideraba tan moralista.

No, no es eso. — Lo dijo pensando en el riesgo de sincerarse — ¿Qué están buscando? ¿Para qué es el experimento?

Tú sabes que no lo sé. Es un experimento doble ciego. — Se refería a un tipo de investigación en donde los experimentadores directos desconocen el objetivo de la investigación para no influir en los resultados.

¿Entonces…¬ suspiró hondamente, sin encontrar otra salida ¬ es obligatorio? — Preguntó Alex con la esperanza de que le dijera que no.

— No, no lo es. Pero dime tú qué razón le doy al Comité de tu negativa.

Alex evaluó las opciones y estaba casi seguro que sabían de su disfunción sexual. Pensó y reflexionó en la posibilidad de que quizás estarían probando algún nuevo medicamento para su tratamiento y cura, por lo cual aceptó. Preparó las maletas para partir al día siguiente a la experiencia que le cambiaría la vida.

# Cap. 2 El protocolo

Durmió todo el trayecto en el helicóptero que voló sobre el mar. Cuando lo despertaron experimentó la humedad salada del ambiente.

Caminó por una vereda empedrada. A las orillas se admiraban palmeras y aves multicolores. Todavía adormilado, sospechó del paisaje ¬ "todo esto es artificial" ¬, dijo en voz alta.

Al final del camino una cerca entre abierta. Lo esperaba un hombre con facciones orientales, levantó y le sonrió en una mueca. Traía puesta una bata blanca y unos lentes pasados de moda.

— Alejandro, bienvenido, yo soy el Dr. Wang.

— Que bien, hablas español.

¡Oh! Si, yo hablar cinco idiomas. Fue muy buena idea venir aquí para yo practicar español, no me gusta el traductor.

— Bien, al menos alguien va a sacar algo útil de todo esto.

Ingresaron a la propiedad, en el centro, se observaba una alberca con una fuente enorme en forma de sirena. A los lados, edificios de dos plantas con habitaciones.

— Es bastante grande. ¬ asintió Alex.

— Aquí ser un lugar para convenciones, venir gente de todo el mundo.

— ¿Hay personas hospedadas?

No, lo dejaron libre para proyecto. Sólo personal de servicio. Es una investigación importante para la compañía. Está bonito ¿verdad?

Alex se detuvo y vio la sonrisa del oriental.

— Si, que desperdicio de recursos. — enfatizó.

Yo tampoco conocer el lugar, ser mi primera vez. Ahora explicar el sitio, allá en la esquina está el comedor, por donde caminamos salir a la playa, yo estar de este lado, derecho mi laboratorio. ¿Qué habitación quieres? Puede ser cualquiera, todas se encuentran disponibles.

— Me da lo mismo, elige tu — respondió con desgano — donde tenga que caminar menos.

— La 102, está ahí.

Hizo una señal para que un sirviente se acercara, luego en chino mandarín le indicó que se llevara la maleta a la habitación.

— No es necesario, la llevaré yo mismo. ¿Cómo entro a la habitación?

— No preocuparse Alejandro, todas las habitaciones están programadas para ti. Ir y luego venir al laboratorio para explicar protocolo.

Alex arrastró los pies hasta la habitación y regresó aún con más enfado por los mosquitos en sus oídos. Tocó la puerta del laboratorio, pero al no obtener respuesta alguna, ingresó. Había una sala de estar y al fondo la oficina del Dr. Wang.

Pasa, pasa Alejandro. Toma asiento por favor. ¿Quieres té?

No gracias.

El Dr. dio un sorbo a su bebida y luego se sentó detrás del escritorio.

Yo no saber nada del experimento Alejandro, pero tengo instrucciones de servirte para que tú estar aquí sea muy bonito. Conmigo venir para cualquier cosa que necesites. Si algo no te gusta decirme, inmediatamente yo acudir.

Dr. ¿este paisaje es real?

Ser usted muy… como se dice… perspicaz. La verdad es que muy poco, ya casi no existen estos lugares en el mundo de manera natural, todo destruido por el hombre. ¿Tú querer verlo realmente?
Después de asentir con la cabeza, se desplegó una pantalla y se apagaron las luces. La imagen mostraba en tiempo real el ambiente, un mar gris, sin vegetación, un cielo rojizo, en lugar de playa había suelo rocoso.
— Sabía de esto, pero nunca imaginé este deterioro.
— ¿Deterioro? No conocer esa palabra.
— Si, degradación, destrucción, daño de la naturaleza.
— Ah…. entiendo.
        El Dr. Wang vio su reacción y quitó la imagen. Alex repuso:
— Sabes, casi nunca salgo de la casa, desde niño estudié en mi habitación.
— Somos muy afortunados de respirar y vivir sin contaminación.
Pero todo esto ¿cómo es posible? — preguntó Alex señalando a la ventana donde se veía una guacamaya con plumaje rojo, verde y amarillo.

Extinta, casi todos los animales salvajes extintos. Es un holograma, el cielo azul ser una pantalla, plantas artificiales.
— ¿Y los mosquitos?
— El cerebro ser muy poderoso Alejandro, tú ver, sentir y escuchar cosas que no existen.
— Si son falsos ¿para qué tenerlos?
El Dr. Wang rio.

¿No te gustan? Están para dar un ambiente de realidad, hablaré para quitarlos. Decirme cualquier cosa que no te gusta, ¿quieres sol? , habrá sol, ¿no quiere sol? , no habrá sol. Dime, ¿qué clima quieres?
— Me da lo mismo… no espera, ¿pueden hacer lluvia?
— Sí — aseveró el Dr.
— Nunca he visto llover.
— Mañana caerá agua entonces. Ahora pasemos al protocolo.
El Dr. Wang se levantó y se sirvió más té, luego se sentó en la silla junto a él.
Es muy simple, son tres reglas: Primero, no puedes separarte más de diez metros de los otros sujetos que cohabitarán contigo. Ellas también seguirán protocolo.
— Significa ¿qué no tendré privacidad?
Podrás ir al baño solo, pero ella tendrá que estar en cuarto contiguo, no más de diez metros porque si no sonar alarma muy fuerte. Son tres mujeres, estarás con cada una veinticuatro horas de 8:00 am a 7:59 am del siguiente día.
— Segunda regla, comer todo lo que te sirvan.
— ¡Por favor! Si no me gusta.
— Comerlo de todas formas, es parte del protocolo.
Tercera regla, más importante. ¬ El Dr. Wang hizo una pausa, lo miró con sus ojos alargados de manera pícara e hizo un gesto con la mano — No masturbarse.
— ¿Y cómo sabrán si lo hago?

Lo sabremos Alejandro. Prohibido tocarse ahí abajo. Pero no preocuparse para eso están las mujeres.
— ¿Y si no me gustan?
— Es como la comida, tomarlas de todas formas.
¡Es una locura! — gritó Alex súbitamente levantándose de su silla, intentando controlar su frustración miró una escultura del genoma humano que estaba a su alcance…. Respiró profundamente…
— Las muchachas ser muy bonitas.
— Si, eso me dijeron — alentándose a sí mismo.
— Yo ya las conocí, fantásticas.
— ¿Y si no puedo Dr.? Si simplemente no puedo hacerlo
No preocuparse Alejandro, si no puede, sólo intentarlo. Sólo hacer el mejor esfuerzo. Es parte del protocolo.
— Está bien, ya estoy aquí, lo intentaré.
— Perfecto, ahora colocar el dispositivo.
— ¿Qué dispositivo?
El dispositivo para rastrearlo, de signos vitales, de todo, estará debajo de la piel. ¿No le dijeron?
— No
— Pues venía en el contrato que firmaste.
— Pues no me acuerdo.
— Es indispensable para la investigación. No es peligroso.
Finalmente, después de argumentar y contra argumentar Alex aceptó. Lo llevaron a un cuarto en una camilla, le aplicaron anestesia general y despertó después de varias horas.
— No levantarse Alejandro. Puede estar mareado y caerse.
Alex hizo un escrutinio de todo su cuerpo para ver si había una herida y preguntó, — ¿dónde está el dispositivo?
— No puedo decir, es secreto, para eso fue la anestesia.
Se vistió y fue a comer, pasaban de las dos y tenía el estómago vacío.
En el comedor calculó como veinte mesas redondas. Atravesó la pista de baile y miró con asombro el candelabro de cristal al centro del salón. Escogió una mesa en la orilla, se sentó viendo la pared. Aunque acostumbrado a comer sólo, le hubiera gustado comer con más gente pues el silencio y el tamaño del lugar lo hacían sentir raro, era una sensación que no podía describir.
Tres meseros empezaron a servirle. Uno de ellos llenó su copa de agua, sirvió canasta de pan recién horneado y mantequilla. Posteriormente le sirvieron de entrada una crema de tomate, luego un bistec con verduras, todo esto acompañado con una copa de vino tinto. Olió la comida antes de probarla y la masticó a consciencia, pero no encontró nada extraño en su sabor, de hecho, le dieron una salsa que le pareció exquisita. Los meseros asiáticos no cruzaban palabra con él, solo retiraban los platos, al final le dieron un postre de calabaza.
Se retiró agradeciendo la atención recibida, a lo que uno de los meseros respondió con un gesto.
Leyó el resto de la tarde tratando de relajarse y disfrutar su estancia sacando el mejor provecho al tiempo invertido. Posteriormente apeteció una ligera ensalada con camarones para su cena y retirarse a su dormitorio a descansar.

# Cap. 3 Alicia

Alex se despertó pasada la media noche, encendió la lámpara y se sentó en el sillón. Aquello era tan diferente para él, observó la alfombra azul y la decoración del tapiz con líneas. Pensó que era anticuada, tal vez de los años treinta, eso lo llevó a recordar a su madre que había nacido a principio del siglo XXI.

Fue concebido in vitro, con esperma de un padre desconocido. Criado sólo por ella, había sentido que su misión en la vida era hacerle compañía. Ella murió un día después de graduarse de la universidad. Había muerto junto a otras 326 personas cuando un satélite se vino abajo y cayó justo en el edificio donde trabajaba.

Recordó con nostalgia el sepelio; se había llevado a cabo sin tíos, primos o abuelos, sólo habían ido amigas de su madre y gente con la que trabajaba. Recibió una cuantiosa cantidad del seguro, le entregaron las cenizas y eso era todo, había terminado su razón de vida.

Me voy a deprimir — dijo en voz alta. Presionó el intercomunicador.

— Alejandro, son las dos mañanas. ¿Qué necesita?

— Si, lo siento. Hay alguna pantalla o algo para entretenerme.

— Imposible, es parte de la investigación.

— Ni siquiera música.

— No, lo siento.

Regresó al sillón, abrió el libro que había llevado, lo hojeó y unos minutos después lo dejó. Harto de leer en papel; volvió acostarse y se quedó dormido horas después.

A las 8:20 a.m. tocaron a la puerta.

Disculpa que te despierte, pero necesito hacer pis y sólo puedo ir a este baño.

Escuchó la voz aguda detrás de la puerta. Hizo un gran suspiro y le abrió.

¡Gracias! Con permiso.

Entró corriendo al sanitario. Desde ahí le dijo con la puerta abierta.

Por cierto, soy Alicia, que pena presentarme desde el baño. Pero es que se me hizo tarde, porque también me quedé dormida, cuando de repente me di cuenta de la hora ya eran las ocho y ya no pude ir a ningún lado.

Se paró en la puerta del baño. Traía puestas calcetas blancas, tenis, un short negro y una blusa celeste sin mangas. Se rehacía una cola de cabello mientras se sentaba en la cama de al lado.

Estamos unidos por una cuerda invisible de diez metros. Es como un juego súper interesante. Sólo podemos entretenernos nosotros dos. Jamás he estado lejos de ninguna app, no sé cómo lo voy a soportar.

Alex todavía acostado boca abajo giró la cabeza para verla de frente. Observó sus largas piernas torneadas, el escote pronunciado y el cabello rubio.

— Dímelo a mí, anoche no pude dormir y me la pasé mirando la pared.

— ¡Qué horror!

Por eso, discúlpame, pero prefiero dormir un rato, puedes hacer lo que quieras. En el cajón hay un libro, es una novela policiaca por si la quieres leer.

Hojea la novela y se echa a reír.

— ¡Que chistoso! ¿Cómo podían leer esto?

— Ya sé.

¿No te dejo dormir verdad?, tengo un serio problema con estar callada, tengo súper desarrollado el gen del habla. Y que flojera leer. Pero si pondré todo mi empeño en callarme, de todas formas, no podemos salir, está lloviendo.

En ese momento Alex se levantó como un resorte y fue a la puerta a ver la lluvia.

— ¡Wow! — Dijo Alex

— Pues de donde te sacaron, ¿nunca habías visto llover?

— ¿Tú sí?

— Bueno, natural nunca, pero he ido montonales de veces a parques recreativos.

— Es como mamá me lo platicó.

Alex se puso un traje de baño y salió a sentir la lluvia. Cada gota que escurría por su rostro era como una caricia, como un toque de vida. Era tanto su entusiasmo que se puso a saltar en los charcos. Después vio un pequeño sapo verde olivo debajo de un helecho, sin importarle el lodo se tiró sobre el suelo para verlo de cerca. Una vez ahí se animó a tocarlo, pero su dedo atravesó un haz de luz y se dio cuenta de que todo era una ilusión. El animal se alejó dando brincos.

Momentos después se animaron juntos a nadar en la alberca, después regresaron a cambiarse y luego al comedor.

Me volví un niño, ¿no sé qué me pasó? Era otra persona — Dijo Alex llevándose una aceituna a la boca.

— Si, para nada te pareces a lo que nos dijeron.

— ¿Nos dijeron?

— Me refiero a las otras chicas que también vendrán.

— ¿Las conoces?

— No, pero sé que es una investigación y que tú eres el conejillo de indias principal

Alicia echó una carcajada mientras se servía el pescado que habían acabado de traer.

¿Y qué más? A mí me dijeron que ustedes parecerían modelos y bueno, contigo se quedaron cortos. — Al decirlo Alex se ruborizó sorprendido de haber dicho ese elogio.

Gracias, me contaron que eras un ejecutivo muy importante y que eres muy serio y yo debería de hacer todo lo posible para que tú la pasaras ¡increíble!

— Bueno, lo estoy — Dijo Alex ahora mirándola de frente.

— Por más que insistí en saber el objetivo del proyecto nunca me dijeron.

— Esto es parte de mi trabajo y…

— ¡Ay si pobrecito! — Alicia lo interrumpió.

— De verdad, hubiera preferido no estar aquí. Pero… ¿tú porqué aceptaste venir?

Obvio, por dinero, tengo que pagar mis estudios, pero no pongas esa cara. También estoy porque quiero. Y bueno… como íbamos… ya sabes, a pasar la noche juntos, pedí ver una fotografía tuya y está bien. Me he acostado con cada patán. — expresó levantando los ojos hacia arriba.

— Gracias — Dijo Alex con ironía.

No, me refiero a que, si me puedo divertir contigo, disfrutar de unas vacaciones, ganar algo de dinero y ayudar a la ciencia, está perfecto.

Alex continuó preguntando acerca de su familia, lugar de origen, estudios, hobbies. Le gustaba escuchar su tono de voz y la infinidad de muecas que hacía al hablar. La observó comer, tomar vino blanco y sobre todo contempló su boca casi perfecta, con el labio de abajo abultado, carnoso.

Se dio cuenta de su propia excitación y empezó a experimentar una inusitada confianza en sí mismo. "Sí, tal vez ya estoy curado, quizá ahora sí podré…" pensó mientras no le quitaba la mirada de encima.

Ella, cual mujer, se dio cuenta de inmediato. Se limpió la boca con la servilleta y después de una breve pausa preguntó:

— ¿Quieres ir a la habitación?

Alex no respondió, se levantó y la tomó de la mano.

— Espera, espera, caminas muy rápido — Dijo Alicia con el brazo jaloneado.

Alex bajó el ritmo "Tranquilo, tranquilo, tranquilo" Se repetía a sí mismo. Preocupado porque ella se diera cuenta del sudor de su mano la soltó y empezó a caminar ridículamente despacio. Alicia para tranquilizarlo, empezó a hablar de las buganvilias moradas que estaban al lado del pasillo por donde caminaban.

— ¡Mira! se ven hermosas con la lluvia.

Alex vio sin mirar, su mente estaba muy lejos de ahí. Hacía una recapitulación mental de todas las recomendaciones para superar su eyaculación precoz. "Si, ir despacio, muy despacio. Respirar profundamente y tratar de enfocarme en otra cosa, no pensar negativamente" se decía a sí mismo mientras se acercaban a la puerta.

Lo primero que hizo al entrar a la habitación fue besarla, sus movimientos eran bruscos y torpes, ella lo tomó con más calma y suavemente masajeaba los labios de él con la boca. Alex le sacó la blusa y le desabrochó el sostén con dificultad. Después tocó los pezones erectos y de repente, abruptamente se detuvo. Todo había acabado

— ¡Chin! — Dijo Alex, cerró los ojos y bajó la cabeza.

Alicia sorprendida dio un paso atrás y vio los pantalones mojados; al instante comprendió y expresó:

— No te preocupes... Alex, a veces pasa...

— ¡No hables! — Gritó Alex en un alarido.

Su rostro se había transformado en una cara tensa, apretaba la mandíbula. Finalmente se sentó en la orilla de la cama. Alicia, asustada por la posible violencia incipiente, se alejó a una orilla, tomó una almohada a manera de escudo y sin darse cuenta empezó a morderle la esquina.

La vergüenza, la frustración, el enojo acumulado de años había explotado como una olla exprés. Se repetía que ya se había resignado a estar sólo, después de múltiples terapeutas, técnicas, yoga y medicamentos, había entendido que estaba roto, que la vida sexual no era para él.

Gotas de llanto le recorrían el rostro, como las mismas gotas de lluvia artificial que se deslizaban por la ventana. Se preguntaba una y otra vez por qué había aceptado. Cualquier cosa, el mismo despido hubiera sido mejor para él que aquellos minutos de profunda amargura. En el fondo de su ser encontró la respuesta, si, tenía esperanza, había una leve posibilidad de que la ciencia hubiera encontrado solución a su mal.

Con determinación se levantó y se encaminó a salir.

— ¿Qué haces? — Le dijo a Alicia que lo seguía.

— Tengo que ir contigo sino sonará la alarma.

— Haz lo que quieras — Le dijo en un tono completamente despectivo.

Como perrito faldero lo siguió hasta la playa. El mar estaba embravecido con altas olas. Sin detenerse caminó a través de ellas. Cuando ya no pudo seguir sin poner en riesgo su vida se detuvo. Gritó desde las entrañas, hubiera querido no ver un cielo nublado con lluvia, sino como realmente era, rojo, rojo como su ira por vivir.

Después se sentó en la arena hasta que oscureció, luego ambos regresaron en silencio, no sin antes detenerse en la oficina del Dr. Wang para pedirle que quitará la lluvia.

# Cap. 4 Cinthia

Me voy — Dijo Alicia con la mochila en la espalda.

El gesto buscaba tener por lo menos una despedida amistosa, pero Alex no la vio, acostado dando la espalda sólo levantó la mano. Al salir se topó con Cinthia, que con los brazos cruzados esperaba su turno. Hubo miradas y ninguna de las dos se atrevió a pronunciar palabra.

Era una mujer alta, casi tan alta como Alex. De cuerpo esbelto, de un andar elegante y movimientos refinados. Ingresó a la habitación y frunció la nariz al percibir el encierro y olor a humedad. Sin decir palabra corrió la persiana y abrió la ventana.
— Buenos días, soy Cinthia.
Alex entreabrió los ojos con enorme flojera y la vio parada junta a la cama. Traía puesto un vestido azul marino de tirantes, luego suspiró y le dijo:
— Sígueme para que no suene la pinche alarma.
Fue directo a la oficina del Dr. Wang y sin avisar ingresó hasta su escritorio.
— ¡Alex! — Dijo el Dr. limpiándose las migajas del sándwich. No esperaba verlo.
— Ya no lo soporto, quiero irme en este momento.
— Pero eso ser imposible, no hay manera de usted se vaya, no hay vehículos.
— Pues me iré nadando si es necesario.
Cinthia, de pie recargada en el marco de la puerta, sorprendida de lo que escuchaba, intervino molesta:
¿Cómo? No he venido hasta acá para no ganar nada. He viajado casi dos días, perdí mis vacaciones del trabajo, ¿para qué? para que un ejecutivo estirado cambie de parecer.
— Contigo no hice ningún trato que yo recuerde — contestó Alex levantándose de la silla.
Vamos a calmarnos todos, relax, tomen asiento — interrumpió el Dr. Wang con un gesto de manos extendidas.

Alex hizo caso omiso al Dr. Wang, con las corvas echó hacia atrás la silla y caminó mirando a los ojos a Cinthia, resoplaba furia como un toro. Se enojaba pocas veces, pero cuando lo hacía no había quien lo parara.
— ¿¡Que!? — Le dijo ella sin rehuir de su mirada.
Si lo único que te interesa es el dinero, ¿cuánto le debo señorita? — Lo dijo en ironía, pero al ver que no había hecho mella en ella, concluyó con:
— Al fin y al cabo no eres más que una prostituta de baja categoría.
Las palabras dieron en el blanco, enrojecieron los ojos de Cinthia que estalló en ira.
¡Sr Wang! ¡Yo no vine para ser humillada! ¡Usted me prometió que iba a ser tratada como una dama! ¡Que iba a estar con un hombre educado no con una bestia! —
El Dr. Wang, que se había levantado de su silla, ofreció un pañuelo a Cinthia.
¡Por favor! ¡Por favor! Calmarse los dos, ambos firmar contrato y conocer las reglas, no debe ser así, enojarse, ni pelearse. Alex, no puedes irte, perderás trabajo, estar aquí para estar con ella 24 horas y luego otra chica y ya, fin de la historia.
Cinthia había rechazado la caja de pañuelos y había tragado las lágrimas para verse fuerte.
Yo sólo quiero que se me respete Dr. Wang y hacer lo necesario para cumplir mi contrato.
Abruptamente Alex golpeó el escritorio de cristal con ambas manos extendidas, que hizo estremecerlos…
— ¡Coger! A eso has venido ¿no? a ¡Coger!

— El lenguaje Alex, hable bien por favor.

Claro Dr. Wang, como le llaman ustedes... ¡Ah sí! recuerdo... has venido a intimar, pues ¡intimemos de una vez!

Alex dejó de conectar su valiosa inteligencia para convertirse en pura emoción. No le había sucedido desde los quince años, cuando discutió con su madre. Al ser hijo único y no tener a nadie más, desde bebé lo acostumbró a dormirse con ella.

A Devora le gustaba sentir su cuerpecito desnudo en su pecho y fue un hábito que perduró hasta casi los tres años. Aunque ya tenía su propia habitación, el infante siempre regresaba a meterse entre las sábanas para sentir el calor de mamá, pero ya en la pubertad, un día lo vio con una erección matinal y después una polución nocturna, eso fue suficiente para que ella hablara seriamente y lo mandara a su habitación.

Devora también se sentía sola en aquella lúgubre alcoba sumergida en la tierra, parecía una bodega, la hacía sentir un vacío enorme, por eso, a pesar de la tensión que sentía al tenerlo acostado junto a ella, a pesar de la vergüenza y lo enfermizo de la situación, dejaba que se quedara con ella en su cama, nunca desde que se acostaba, pero si cuando aparentaba dormir, lo sentía llegar, olía el sudor de adolescente, la respiración y entonces se quedaba dormida.

Una vez la despertó el frotamiento que el muchacho hacía en su cadera, estaba dormido, ella no se asustó y no se movió en un principio, pero al darse cuenta que también se estaba excitando, se levantó enseguida dando de gritos.

En ese momento lo despertó y lo corrió. Alex, sin entender, se enojó tanto que empezó aventar objetos en su habitación, gritaba una y otra vez, "¿Por qué?" "¿Por qué?". Devora puso seguro a la puerta y ya nunca más volvió a dormir con ella.

Alex no recordaba nada del episodio y de las noches que pasaba con su madre, el tiempo lo había reprimido de su memoria, pero la furia que sentía y el hueco en el estómago era el mismo de aquel entonces.

Ahora no arrojó objetos, ni gritó, ni dijo palabra alguna, en vez de ello se puso de pie y tomó de la mano a Cinthia para llevarla a la habitación. Con paso acelerado atravesó el césped ficticio para evitar el camino más largo. La ansiedad, el miedo a fallar había desaparecido, en vez de ello había un coraje profundo, un enorme orgullo por demostrar su hombría.

Entró a la habitación y sin preámbulos la arrojó sobre la cama, le levantó el vestido y le quitó las pantaletas. Ahí estaba, sin consciencia, sin placer, en la posición de misionero penetrando por primera vez en su vida.

Cinthia, que había estado callada y sorprendida del arrebato, pues nada de lo ocurrido estaba en sus planes, a los pocos segundos de sentirlo adentro empezó a reír a carcajadas—

¿De qué te ríes? — Ella sólo se contorsionaba y se reía más fuerte.

¡¿De qué te ríes?! ¡Chingado! Me desconcentro.

No lo sé, de todo lo que pasó, de la situación, me da risa —

La tomó de los hombros y la sacudió con fuerza — ¡Cállate!, ¡Cállate!

Cinthia, al sentir su cabeza zangoloteada sobre el colchón, clavo la uñas en el pecho de Alex.

— ¡Quítate! — Él, en un impulso le dio una bofetada y a cambio recibió una patada en la barbilla que lo aventó al piso.

Cinthia se levantó de prisa, tomó como arma una lámpara de pedestal, la desconectó y le quitó la pantalla. La elegancia sofisticada y lo femenino de su andar se habían esfumado, estaba despeinada con los ojos saltones de rabia. Se puso enfrente de Alex.

¡Grgrgr! — Rugió como animal salvaje — ¡Te voy a matar! ¡A mí nadie me pega!

¡No, espera! — Dijo Alex asustado.

Apenas se reincorporaba cuando le soltó el primer golpe sobre el brazo.

¡Duele! — Gritó asustado.

Estaba arrinconado, la puerta estaba detrás de ella. Gritó varias veces pidiendo auxilio y no escuchó respuesta. Pensó en sacarle la vuelta brincando en la cama, pero temió que le golpeara en la espalda y lo tumbara. Con la base de la lámpara le propició otro golpe en la nariz. Al ver su propia sangre, hizo a un lado su arma y la empujó con fuerza en el pecho. Ella perdió el equilibrio y cayó, una vez en el piso, empezó a temblar de pies a cabeza, se sacudía con violencia, tenía los ojos en blanco… convulsionaba.

Alex salió de la habitación pidiendo ayuda. Una sirena empezó a sonar con tal volumen que tuvo que taparse lo oídos. Vio a tres enfermeros correr con una camilla, personal de limpieza y del restaurante se asomaron para ver lo que ocurría. Empezó a hiperventilar y luego entró en pánico, con dificultad para respirar ya no pudo seguir de pie y se apoyó en la pared. El Dr. Wang llegó corriendo con enfermeros para inyectarle un tranquilizante y llevarlo a la enfermería.

Después de varias horas despertó. Vio al Dr. Wang con su típica sonrisa junto a él.

Descansar, descansar — Le dijo para tranquilizarlo.

—        ¿Qué sucedió? — Dijo en un inicio, pero luego mostró angustia en su rostro al recordar.

—        Yo nunca tuve la intención, ¡yo no quería hacerle daño!

—        Tranquilizar, tranquilizar— le dijo el Dr. Wang empujándolo nuevamente a acostarse.

—        ¿Cómo está ella?

Muchacha muy enferma, ella no cumplir con los requisitos del proyecto, ni con el contrato. No ser tu culpa, todo grabado en video. Descansar porque mañana tienes último día del experimento.

No dijo nada, se volvió acostar con la mirada perdida, estaba exhausto. Era demasiado para él, demasiado drama para un hombre que tenía años de no sobresaltarse y que rara vez alzaba el volumen de voz. Durmió una hora más gracias al medicamento, después le trajeron de cenar y lo pasaron a su habitación.

# Cap. 5 Laura

Alex estaba en una isla desierta, sin entender qué hacía allí miró a su alrededor para intentar reconocer el lugar. Sólo vio palmeras y follaje denso. Escuchó el ruido de unas olas calmas, grises y pestilentes. Era un mar muerto. Sin entender, gritó el nombre de su madre, del jefe actual, del Dr. Wang y nadie vino.

Caminó y arena de piedritas le calaron los pies. Con dificultad llegó hasta el inicio de la selva. Allí levantó el pie derecho y miró la planta de su pie llena de sangre, se angustió. Atravesó los matorrales y un ejército de mosquitos le cayó encima.

Avanzó hasta una explanada de tierra firme, ahí vio a una mujer de espalda, desnuda, con el cabello cobrizo hasta casi la cintura. La deseó. Se dio cuenta que la humedad del suelo refrescaba sus pies y los mosquitos habían desaparecido. — Eh, eh, ¿Quién eres? — La llamó varias veces, pero no respondió. Se acercó lentamente y la tocó del hombro.

Cinthia, ¿qué haces aquí?

La vio girar con una mueca, sonreía. La sangre se le heló y al ver que se le acercaba empezó a retroceder sin quitarle la mirada de encima.

— Supe que estabas enferma ¿cómo sigues? —

Ella no contestó, sólo avanzó a un paso a la vez, con toda su esbeltez y la belleza de su cuerpo desnudo, pero en Alex solo provocó náuseas y un ferviente deseo de huir. Después ella mostró los dientes en forma de picos filosos, puntiagudos, como si fuera una piraña. Sin pensarlo corrió con toda su fuerza con ella detrás queriéndole arrancarle la vida con un mordisco.

Despertó aún con el corazón saliéndose del pecho. Eran las 11:13 de la mañana del día siguiente. Experimentó el alivio de saber que todo había sido una extraña pesadilla. Se puso de pie, se estiró y se dio cuenta que por la hora ya debía estar ahí la tercera y la última de las chicas. Se apresuró a salir de la habitación para preguntar que sucedía.

La vio sentada en el piso, afuera, abajo de la ventana, tenía las rodillas pegadas en el pecho.

Disculpa, ¿tú eres…. — se interrumpió sin idea de cómo continuar la conversación.

Hola, si soy, me llamo Laura y tú has de ser Alejandro.

Se puso de pie. Traía puestos unos jeans fit que le cubrían unas piernas delgadas que le daría a lo mucho una estatura de 1.58, con una camiseta estampada con girasoles que le hacía verse más bajita. Cabello largo y con un flequillo que le caía en la frente, Alex la vio más como una adolescente que como una modelo.

Llegué desde las ocho, pero no quise despertarte, me dijeron lo que pasó ayer. ¿Puedo?

Hizo una señal para entrar a la habitación.

Claro — Contestó, y pensó que le gustaba su voz modulada.

No te preocupes, yo no estoy enferma y soy cero violenta, es más, estoy en contra de la violencia. — Se lo dijo mientras se sentaba en la cama.

Hubo un silencio típico de las interacciones que apenas inician.

No te preocupes por mí, no te daré ningún problema. Podemos hacer lo que tú quieras.

Gracias, está bien — También se recostó en la cama mientras ella lo seguía con la mirada como si fuera una gatita de grandes ojos café claro. Le gustaba la actitud sumisa y servicial, principalmente porque no se sentía invadido por ella.

Sólo estoy cansado, han sido días de lo más loco, tenía años sin salir de mi departamento y vivir toda esta presión, el contacto con otras personas me asfixia, y luego lo que pasó ayer, por un momento pensé que iba a morir.

Le contó sobre la pesadilla que tuvo con todo el detalle que le fue posible. Al final le sorprendió verla sin los tenis, con las piernas en forma de flor de loto y la cabeza ladeada, había estado completamente atenta.

¡Sí que estuvo feo!, de haber sabido qué soñabas te hubiera despertado. Yo también tengo pesadillas con frecuencia

Pero… háblame de ti ¿Qué haces aquí?
Laura se miró los dedos de sus manos.
Por dinero, ¿por qué más iba a hacerlo? Pensé que no pasaría las pruebas, pero ya vez estoy aquí ganando seis meses de mi sueldo. Esto me dará lo suficiente para completar un viaje e ir buscar a mi padre. Sabes, es el único familiar que tengo y no lo conozco.

¿Y dónde está?

Sólo sé que en Marte — Se le quebró la voz y Alex ya no quiso preguntar más por no saber cómo manejar la situación, luego continuó.

Yo vivía en lo que se llamaba Jalisco antes del Gran Orden. Ahí nació y creció mi madre, quedó embarazada muy joven de un ingeniero en sistemas. Íbamos a ir en las primeras colonias que fueron a Marte, le dijo la misma historia de siempre, que se casaría con ella y nos llevaría, pero bueno, mamá era tan solo una obrera de una maquiladora de celulares. Semanas antes de la inscripción y que iniciara la preparación para partir él desapareció.

Recuerdo de niña verla llorar en la mesa del comedor, si tan sólo hubiera dado la cara y le hubiera dicho que se iría, creo que el dolor también hubiera sido menos.
Entonces, mamá regresó a vivir a casa de mi abuela, porque había sido despedida por su embarazo.
¡Pero eso era ilegal! — Dijo Alex en un tono de indignación.

Lo sé, pero era México y esas cosas pasaban — Laura se acostó y mirando el techo entró en un estado de ensoñación, como si todo lo que contara lo viera en imágenes mentales.

Vivíamos en una casita blanca de dos cuartos, en un pueblo que estaba a ocho cuadras de la playa. En los atardeceres, la habitación de atrás se llenaba de una luz dorada del sol que caía, podía estar allí por un largo rato acostada con los pies levantados en la pared para despedirlo. Pasaba las tardes yo sola porque no había quien me cuidara. Mi abuela y mamá tenían un puesto de comidas en el mercado.
Mi abuela, por la que llevó su nombre, era una mujer maravillosa, grande, fuerte… inteligente. También había sobrevivido como madre soltera con dos hijos, pero de mi tío prefiero no hablar.
Al mediodía mamá iba por mí a la escuela, me daba de comer y me dejaba encerrada — Soltó una risita de niña traviesa — Pero a veces, cuando estaba muy aburrida, me salía por la ventana, tendría, no sé, seis o siete años. Me encantaba ir a la playa a ver el mar, buscar entre la basura cosas que habían traído las olas, corcho latas, botellas, una vez encontré una estrella que traje colgada mucho tiempo, un día simplemente desapareció.
Luego regresaba antes que ellas, cenábamos las tres juntas de lo que había quedado de la vendimia. A pesar de todo, esos han sido los mejores años de mi vida, pero luego, vino el Gran Caos, como le llamaron, ¿lo recuerdas?
Alex que había seguido la conversación sentado para no perder detalle, se sorprendió por la pregunta. También se tumbó sobre la almohada.

No, no recuerdo mucho de esos años, son de esas pláticas que evito.

Perdón no tenía la intención de…

No, está bien, creo que es hora de que empiece a hablar de ello. Pero lo tengo bloqueado, es demasiado sombrío, han pasado tantos años. Tenía como trece cuando ocurrió, tengo la imagen de las paredes grises del búnker, pasillos largos y luz blanca de esas viejas lámparas led.

Mamá afortunadamente trabajaba para el gobierno como ingeniero en telecomunicaciones, uno de los sectores de mayor prioridad en catástrofes. Por eso apenas inició "El Gran Caos", ella me llevó a uno de los refugios cincuenta metros abajo de la tierra, allí terminé casi todos mis estudios, luego heredé una suma importante de dinero y propiedades, compré el departamento donde vivo actualmente y de donde prácticamente no salgo. Entonces, no, no me tocó ver las desgracias del mundo, más bien he vivido dentro de un capullo de acero, alejado de todo y de todos.

Yo si vi todo, lo vi con mis propios ojos, vi al mundo morir, caminé sobre montañas de muertos cubierta de sangre y de mierda. Vi como el cielo se rompía y caía carne podrida.
Esa tarde yo no había salido a la playa, porque estaba triste, mi maestra me había castigado por no llevar la tarea. Así que estaba en mi casa sola cuando escuché el estruendo, sentí como el suelo y todas las cosas de la casa se movían.

Hubo seis sismos, uno detrás de otro.

Luego hubo calma, así que me asomé por la ventana y fue cuando vi como el mar se tragaba todo a su paso, casas, palmeras, todo. Asustada sin poder salir, me abracé a la cama. Recuerdo como en un ¡zas! se cayeron las paredes, el techo y me inundé, pero por alguna razón yo no me solté de la cama que tenía una base de madera. Salí a la superficie y floté sobre la corriente, desde ahí vi a la gente ahogarse, gritar auxilio y yo seguí aferrada a mi pequeña lancha.

¿Qué edad tenías?

Ocho años a lo mucho. Nunca más vi a mi abuela ni a mi madre. Durante muchos años pensé que fue lo mejor para ellas, pues en un instante dejaron de existir y no vieron la avalancha de sufrimiento que seguiría.

Navegué días y días, no sé, tal vez semanas o meses. Al principio pude comer peces muertos que flotaban y que estaban a mi paso, pero después, nada, sólo gente hinchada, podrida, la pestilencia era insoportable.

En una ocasión me sentía morir, pues llevaba ya varios días de no tomar agua, la piel ya pegada completamente sobre mis huesos, sin angustia, sin miedo, solo esperando dejar de respirar. Vi a una mujer flotando boca abajo, llevaba una blusa verde limón, tenía el brazo extendido y en su mano un bote de agua. Me hice un remo con unas tablas y como pude me acerqué. Literalmente tuve que arrancarle cada uno de los dedos para tomar el bote. Esa señora me salvó la vida.

A partir de ese día estuve más alerta a lo que me topaba y siempre encontraba algo, una hielera con latas, sobras de comida, porquería y media. Pero en todo ese tiempo, no vi a nadie más con vida. Fue como el diluvio al que sobrevivió Noé. Pensé que era la única con vida en el planeta.

En ese desastre murió una tercera parte de la población mundial. — Dijo Alex con el mismo tono melancólico.

Poco a poco empecé a ver la copa de los árboles, hasta que pude bajar de la lancha y empecé a caminar con el agua hasta la cintura. Caminé kilómetros y kilómetros. En la noche me subía a los árboles para dormir. Lo único que me mantenía con esperanza era ver las estrellas brillar y tocar la que tenía colgada. Fantaseaba que, desde ahí, en algún lugar de esa inmensa mancha oscura estaba mi padre; le decía que un día llegaría a estar con él. Sentía que me contestaba y me decía, sigue moviéndote hija, sigue moviéndote.

Una tarde vi una loma ya sin agua y seguí por ese camino, nuevamente fueron días muy difíciles, porque en ese momento ya no encontré nada para comer, sobreviví de insectos y raíces.

¿Raíces? – Preguntó Alex

Sí, no me preguntes por qué. Fue simple intuición. En esos días llovió y creo que fue de las últimas veces que vi el agua natural, eso también me salvó la vida. Vinieron muchos días de desierto, de sol abrasador, de completa desolación.

Después fui raptada por los buitres, una banda de hombres que se dedicaban a robar. Me aventaron a un pozo, ahí encontré a otros niños, que como yo habían sobrevivido. Ahí escuché que una guerra mundial había empezado trayendo más hambre.

Si, fue la guerra del agua— Dijo Alex, recordando cómo lo había leído en una página web años posteriores, pero nunca había escuchado a una persona que hubiera experimentado esa desgracia en carne propia, lo cual resultaba completamente desgarrador.

Al principio, no entendía que sucedía. Pues todos los días nos traían algo de comer, principalmente papa. Después de mirarnos a cada uno se llevaban a los más grandes y gordos. Si, nos criaban como cerdos para después alimentarse de nosotros. Después me enteré de que la carne de los niños es más suave y tiene mejor sabor que los humanos adultos. Como yo siempre fui baja de estatura y de poco peso nunca fui seleccionada.
Duré meses en ese infierno. Una vez escuchamos disparos y a partir de ese día se acabó la comida, ya no vimos a nadie. Abandonados sin poder salir, uno a uno de mis compañeros murió de inanición. Otra vez pensé que así terminaría, pero una mañana que estaba entre dormida e inconsciente escuché un camión de volteo, y entonces, me cayeron encima un montón de cadáveres de todas las edades. Abrí la boca para gritar, pero no salió voz, como pude me abrí paso entre torsos, carne descompuesta, huesos, y escalé a través de esos despojos y vi la luz, en la superficie, una capa de tierra y de cal. Entonces me rescataron y volví a nacer.
Laura hizo una pausa, giró para ver los ojos de Alex. Él le sostuvo la mirada, tenía la cara desencajada de horror, pensaba en el sufrimiento del mundo cargado por una chica tan pequeñita y cómo lo había sobrevivido. Mientras que él no había recibido ni la más mínima pizca de dolor comparado con ella.
Se miraron largo rato, luego ella lo toma de la mano y entonces ocurrió, una chispa bioquímica, de humanidad que los unía de una manera indescriptible.

Continuaron hablando por horas acerca de cómo Laura se había adaptado al Nuevo Orden. Del cambio en el clima, en los·gobiernos, en la forma de vida. Los descubrimientos de la ciencia para controlar el fotón y manipular la luz, de la nueva bóveda terrestre para filtrar los rayos solares y el desarrollo de tecnologías para crear lluvia y agua artificial.

Laura también narró cómo había pasado de refugio en refugio y de su sueño de volverse a reunir con su Padre para cumplir la promesa que se hizo de niña. Por la tarde fueron a comer y después a caminar en la playa para ver al sol desaparecer detrás del mar.

Sabes Alex y pensar que todo esto es tan hermoso y es tan falso. Es solo luz — Laura se miró la palma de la mano — A veces hasta tengo el raro pensamiento de que yo también soy una ilusión. A lo mejor ambos ni siquiera existimos y somos personajes de una historia de ciencia ficción o un videojuego.

Alex la tomó de la mano.

Me sientes Laura, y te siento… aquí y ahora. Esto si es real.

Regresaron abrazados y hablaron acerca de lo necesario para viajar a Marte. Una vez en la habitación ambos volvieron a sentir la tensión sexual.

Por favor apaga la lámpara — Alex lo hizo, pues de manera automática se había encendido al entrar, ella caminó hacia las persianas que filtraban un poco de luz de afuera — Me siento más cómoda así. — Por el tono de voz, supo que había algo más, se acercó y la tomó de los hombros.

¿Qué sucede?

Sé que estoy aquí para tener sexo contigo, pero quiero pedirte algo.

Dime. — Respondió Alex con toda la disponibilidad posible para que aquella relación creada entre ambos no desapareciera —

Me has dado la suficiente confianza y quiero contarte algo — Laura se sentó en el piso recargada en la pared, una pequeña franja de luz iluminaba su rostro, Alex se sentó enfrente de ella— Te he dicho que no quería hablarte de mi tío… ahora quiero decirte por qué.

Laura no es necesario.

Quiero hacerlo. Una semana antes de que iniciara el "Gran Caos", en una de esas tardes en que estaba sola, llegó mi tío, había vuelto a vivir con nosotros porque se había separado de su esposa, no estoy segura, pero me parece que ella le había sido infiel con un amigo cercano.

Abrió la puerta con su propia llave y entró con la camisa desparramada hacia afuera, era una camisa de cuadros. De inmediato me llegó el olor a mezcal. Se sentó en el comedor, en el primer cuarto. Me daba de gritos: ¡Laura! ¡Laura! Yo lo veía a través de la cortina de tela que había puesto mi abuela. Estaba ahí sentado con los vaqueros desabrochados, la mirada vidriosa y perdida. Sollozaba y luego en murmullos decía palabras sin sentido, frases vacías, como: "maldita" "perra, eso eres, una maldita perra" y volvía a sollozar. Levantaba la mirada y volvía a gritar: "¡Laura!" "¡Laura!", "¿Que quiere tío?"; le contesté llena de miedo. En ese entonces yo creía en Dios y le rogaba a Dios que mi abuela o mi madre llegaran, en eso estaba con mis oraciones cuando lo vi parado en la puerta. Quise escapar, pero me sujetó del brazo: "Ven para acá pequeña perrita, tú también eres una pequeña putita" entonces me aventó sobre la cama y empezó a besarme, con sus grandes manos me acariciaba el cabello y luego me hablaba como si yo fuera su ex. "¿Por qué?, ¿porque me engañaste? Abusó de mí, manché la sábana con sangre, con un grito silencioso, con un grito de vergüenza, con un grito de ardor por perder toda mi inocencia.

Después se quedó dormido, me levanté y sin saber porque empecé a lavar mi ropa y la mancha de la sábana. Era como si logrando quitar esa mancha, tal vez parecería que nunca hubiera sucedido, si mi abuela y mi madre no se enteraban era como si nada hubiera pasado.

Efectivamente nunca dije nada, sólo me volví reservada, dejé de reír, de jugar, de imaginar... por las noches me despertaba por las pesadillas.

Esa tarde del sismo, me quede en la casa no porque mi maestra me hubiera regañado, sino porque estaba deprimida, ya no quería salir a jugar. Llegó mi tío y se sentó en el primer cuarto, venía menos borracho, pero fue la misma escena, los mismos gritos, pero ahora la tierra hizo abrupción, se desgarró de la misma forma que mi himen. El mar colérico estalló... me defendió, vino y lo arrasó todo.

Cuando empecé a flotar lo escuché pedirme ayuda: "¡Laura, Laura, ayúdame!" nadó hasta mí y se aferró a la orilla de la cama. Yo tenía pavor de que se subiera, tenía más miedo de él que de la misma catástrofe, así que le mordí las manos hasta que se soltó y se hundió.
Laura hizo una larga pausa, Alex no sabía si la confesión había terminado.
No fue la única vez que me violaron, fue tan solo la primera. Los buitres también lo hicieron, hasta los niños más grandes de la fosa y los chicos de los refugios. Fueron tantas veces que he perdido la cuenta. Sólo sé que estoy muerta de ahí abajo, no hay más que cicatrices, olor a muerte y un recuerdo de dolor. Sé que estoy aquí para tener relaciones, qué más da, una vez más da lo mismo.

Estás en tu derecho al fin y al cabo ahora me pagan, podré ir a ver a mi padre, mi mayor sueño. Así que adelante, lo único que te pido es hacerlo despacio, sin fuerza, para que no se me corte la respiración. Porque te repito estoy muerta de la cintura hacia abajo.
Alex la vio quedarse tan quieta, casi sin respirar. Parecía una muñeca de plástico. Miró los ojos cafés claro sin brillo, ausentes, sin vida...
Oh Laura, si tú supieras— Lo dijo en un murmullo, más para sí mismo en un tono de completa empatía.
La tomó entre sus brazos y la llevó a la cama. Allí se desvistió él y luego la desvistió a ella de manera tan lenta como si fuera una ceremonia religiosa. Sólo se escuchaba la agitación de Alex, luego la acarició un largo rato, la besó de pies a cabeza y de la cabeza a los pies. Ella reaccionó y regresó el mismo gesto. Solo buscaban darse placer, cuidarse uno al otro. De esa manera ambos se sintieron amados, aceptados con sus imperfecciones. Se abrazaron desnudos, tuvieron largos besos, cuerpo contra cuerpo, sexo contra sexo, alma contra alma y después Alex descargó por primera vez en su vida sin culpa, sin vergüenza y sin penetración. Ambos se quedaron dormidos con las piernas entrelazadas, sintiendo el latir del corazón de su pareja.
Faltaban pocos minutos para los ocho de la mañana cuando Laura despertó.
¡Es tardísimo!, ya no alcanzo a bañarme. El helicóptero me recoge a las 8:15 y el Dr. Wang me pidió absoluta puntualidad. — Se había quitado la sábana de encima y buscaba su ropa tirada.

Espera, no puedes irte. — Dijo Alex con angustia —

¿De qué hablas?

De lo que vivimos ayer, del nivel de intimidad que tuvimos, de la noche que pasamos juntos. ¿Cómo fue para ti? ¿No significó nada?

Laura lo escuchaba mientras se ponía los jeans. Luego suspiró profundamente como intentando ordenar sus palabras para no lastimarlo.

Si Alex, debo aceptar que fue muy lindo. Mucho, mucho mejor de lo que yo hubiera esperado. Estoy muy agradecida   por darme tanta confianza, por ser buena gente pero ya está, se acabó.
— Se lo dijo sin mirarlo, abrochándose los tenis. Alex se levantó y buscó sus ojos.

Laura, nunca en mi vida, había conocido a alguien como tú, nunca me había sentido tan completo, dame tus datos para localizarte.

Alex estamos aquí por una investigación. No puedo darte mis datos, lo sabes bien, lo dice el contrato. Puedo perder el dinero que voy a ganar.

Yo te lo doy, te doy el doble, pero dime donde te encuentro por favor.

Ya te lo dije, me voy a Marte a buscar a mi padre, no puedo iniciar una relación ahora.

Entonces me voy contigo, te acompaño a buscar a tu padre.

No hagas un drama. No te merezco, quizá un día encuentres alguien mejor.

Había terminado de vestirse y se encaminaba a la puerta, él se interpuso.

Por favor Laura, no te vayas. — Ella le acarició el rostro—

Adiós.

Alex cerró los ojos al escuchar que la puerta se cerraba. De inmediato se puso un pantalón y salió corriendo detrás de ella, le siguió insistiendo, ella avanzaba con una determinación fría y distante. El la acompañó hasta el helicóptero, ahí le gritó sobre el ruido de las hélices.

¡Te buscaré Laura, hasta el fin del mundo, hasta Marte! ¡Lo juro, volverás a verme!—

Ella se volvió solo para decirle adiós con la mano y con una sonrisa. Se quedó ahí parado un largo rato viendo cómo se iba volando la esperanza de una vida que no tenía, pero que ahora había probado y que no pensaba perder.

Regresó corriendo con el Dr. Wang.

Yo no saber nada, de nada. Nada de usted, nada de ella, nada de la investigación. — Le contestó el Dr. Wang ante las tempestivas preguntas — En dos días lo buscarán para entrevistarlo, forma parte de la investigación y usted podrá preguntar lo que quiera.

Se lo dijo con la intención de animarlo. Después le retiró el dispositivo localizador y se despidió de él.

# Cap. 6 Los resultados.

Esperó con ansias la entrevista, pues, aunque buscó por todos lados algún indicio de quién era Laura nadie supo decirle nada, pues ni siquiera sabían de la investigación, ni siquiera su propio jefe, que se quedó un tanto preocupado por verlo tan perturbado.

La entrevista fue un viernes por la mañana a manera de Holo conferencia.

Buenos días, Alejandro. — Le dijo el Dr. Hoffman con voz solemne y acento alemán. Primero quiero agradecerle mucho su valiosa participación, los resultados han sido concluyentes y estamos muy satisfechos con la investigación.

Alex vio la media sonrisa y los ojos azules del investigador y experimentó sentimientos encontrados, por un lado, un odio profundo por haberlo metido en algo que no quería participar, y por otro lado, un agradecimiento por haberle permitido conocerla y luego otra vez odio por habérsela arrebatado.

¿Dónde está Laura? ¿Dónde vive?

¿Quién perdón? — sorprendido por la repentina pregunta, luego mirando unos papeles dijo — Ah sí Laura, el tercer sujeto con el que estuvo, había olvidado que así la llamamos.

Sí, ella, ¿dónde está?

Bueno estamos aquí reunidos para explicarle el propósito de la investigación y todo lo relacionado con su…

No me interesa el propósito de la investigación, ni nada de lo que sucedió. No estoy dispuesto a participar más, no contestaré ninguna de sus preguntas si antes usted no me proporciona un dato de dónde puedo encontrarla.

El Dr. hizo una pausa, miró nuevamente los papeles como midiendo las palabras a usar.

Muy bien, iré al grano. Laura, no es Laura. Es un prototipo, un Biosilicon, una combinación de un cuerpo humano con inteligencia artificial.

¿Un qué!? ¿Me está diciendo que la Laura que conocí es un robot?

No, un robot es algo demasiado simple. Un Biosilicon es la combinación de un cuerpo con muerte cerebral y en lugar de una corteza cerebral hemos puesto una computadora. A veces el cuerpo, hay que arreglarlo, poner ciertos órganos para que vuelvan a funcionar y ahí las tienes… mujeres maravillosas.

No es verdad, me estas mintiendo, esto es parte de la investigación — Alex estaba en shock.

Espera…

El Dr. Hoffman le mostró en una pantalla a Laura, ella parecía dormida.

Está en hibernación, ¿lo ves?, casi creímos que lo descubrirías por ti mismo cuando te contó toda esa historia y se quedó estática.

Como una muñeca de plástico, si, lo pensé. Entonces… todo lo que me dijo… ¿fue una mentira?

Bueno, no y si, sólo parcialmente. Todos los recuerdos que te contó sucedieron, por supuesto no en este cuerpo, si no de alguien más que ya no existe, nadie pudo haber sobrevivido al "Gran Caos". Pero su cerebro fue emulado, copiado en una pequeña cápsula de silicio, esta fue incrustada en la parte superior del cráneo del Biosilicon que conociste, recreando imágenes, sonidos y produciendo todo tipo de reacciones corporales, las emociones son tan naturales como un verdadero ser humano. También le proporciona toda la información necesaria para emular la personalidad de la persona real. ¿Comprendes?

Entonces, Alicia y Cinthia… ¿También son…?

Sí, lo son, una enorme disculpa. Esa Cinthia tuvo graves errores de programación, lo sentimos mucho, un departamento entero fue despedido por ello.

¿Cuál fue el propósito de la investigación?

Probar el prototipo como compañera sexual y ver si te dabas cuenta de ello. Dadas las primeras dos relaciones, los psicólogos propusieron enviarte un perfil completamente diferente. Y bueno, funcionó, creo que conectaron demasiado bien.

¡Son unos Frankenstein! — Grito Alex, furioso, de tenerlo de manera presencial lo hubiera golpeado.

Bueno, si es un monstruo como dices ¿porque te interesa tanto?

¡Porque fui un estúpido y caí en la trampa!

Lo siento Alex, nunca pensamos que hubiera ese efecto, sobre todo con un Biosilicon con una historia… tan desastrosa.

Esa chica sufre, ¿lo entiendes?, la vi sufrir por horas y ustedes lo crearon. Es inhumano.

Exacto, no es humano, es un Biosilicon, te lo dije desde un inicio.

Ella sueña con ir a Marte para ver a su padre.

Nuevamente Alex te lo explico, ese padre que ella dice tener, si existe, no es su padre, si le hacen una prueba genética de paternidad no tendrá ninguna relación con ella.

¿Y entonces?, el cuerpo en coma que usaron ¿quién era?, ¿tiene una familia?

Son cuerpos abandonados de años, sin reclamar, los dejan olvidados y si, nosotros los usamos para hacer ciencia y negocio también, de alguna manera hay que pagar el sueldo de todos.

¿Y cuando ella se mira al espejo qué? ¿No se da cuenta que no es su cuerpo?

Bueno, ahí entra la programación, ese es un chip que si hemos podido integrar para corregir la autoimagen.
El Dr. Hoffman hizo una pausa al verlo con los ojos rojos.
Mira Alex, esa Laura que conociste, hoy en la tarde dejará de existir, la memoria será desincorporada y desechada para siempre. Dejará de sufrir si eso te preocupa, el Comité decidió no volver a usar esa emulación.

No, no la toquen, ya no le hagan nada.

Alex, ella es propiedad de la compañía, pueden hacer con ella lo que dispongan.

Dime, ¿Es posible borrar recuerdos?

Por el momento la emulación es completa, no hemos logrado separar episodios de la memoria, hay tanto buenos como malos.

Pero… ¿ella puede aprender?

El Biosilicon es como cualquier humano, sus células envejecen como las tuyas y las mías. Si ella se cuida tendrá una vida como el promedio actual, unos 100 o 120 años. Si la despierto ahora te reconocerá y la experiencia que tuvo contigo la integrará a su memoria. Puede estudiar, aprender otros idiomas, ir a terapia y evolucionar, sanar esas heridas emocionales de las que te habló. No hay nada que lo haga especial, excepto que su cerebro nunca envejecerá. No puede tener hijos porque no hemos logrado desarrollar la tecnología de los cambios bioquímicos durante el embarazo, pero lo más importante es que tienes completo control de ella. Una vez que subió al helicóptero le dijimos una clave y entró en hibernación, de igual forma otra palabra clave la despertará.

¿Y han probado su reacción si le dicen la verdad acerca de quién es?

No lo hemos hecho, nos parece innecesario. ¿Cómo reaccionarías tú si supieras que todos tus recuerdos no los viviste? o ¿qué no eres humano y perteneces a otra persona?

Sí, entiendo, ¿puedo comprarla?

Alex por favor, no te obsesiones con ella, es un prototipo, en algunos años saldrá la versión final. Puedes esperar y tener a una Biosilicon más sana, más inteligente y más atractiva.

La quiero a ella.

¿Por qué ella? Cuando hay miles de cerebros emulados.

Porque ella es tan imperfecta como yo, que la hace perfecta para mí. ¿Con quién debo hablar para comprarla? Vamos, tengo el derecho.

Bueno, puedo hablar con el Comité y hacerte una propuesta. Será cara, sabes, bastante cara.

Si, no me importa, quiero saber la cantidad.

Muy bien, lo intentaré.

Y algo más, no quiero tener control de ella, una vez que la tenga se le quitará cualquier password para controlarla.

Alex, eso le daría completo albedrío. Te das cuenta, si ella no te acepta o se va, no tendríamos forma de regresarla a ti.

Eso es lo que quiero, que sea libre y si está conmigo sea por su propia elección.

# Cap. 7 Conclusiones

Alex vendió el departamento y todas sus cosas, las múltiples antigüedades que había heredado, gastó hasta el último dólar de sus ahorros para poder comprarla. También invirtió mucho tiempo para hacerla una ciudadana con todos los derechos. Le dijo la verdad y quien era, luego le devolvió la libertad que merecía.

Finalmente, ambos siguieron aprendiendo y creciendo juntos. Se sumaron a una lucha social para defender el respeto a las mujeres sin importar su condición, lucharon para la liberación de todas las Biosilicon. Vivieron altibajos, desencuentros, peleas, obstáculos, pero eso sí, durante las décadas que siguieron ninguno de los dos volvió a sentirse solo.

HIJOS DE LA
SELVA

# Hijos de la selva

Héctor Israel Castro de León

# IZCALLI
# (Resurgimiento)

Llevo tres días sin comer. Estoy firme en esta huelga de hambre, estoy mareado y sin fuerzas ya para pelear. Tres días esperando a que el gobernador nos abra las puertas de su oficina para poder exponerle el porqué no debe de seguir expulsando a los androides de nuestras ciudades. Está en su silla gubernamental desde hace setenta años de gobierno instaurando reglas cada vez más estrictas hacía nosotros los humanos y excluyentes para ellos.

No sé en qué punto de la historia comenzó a crecer ese odio hacia nuestros compañeros artificiales, pero estoy seguro que fue proporcional al crecimiento de su inteligencia. Entre más inteligentes se volvían más desprecio generaban. Posiblemente era miedo a que la raza humana fuera destituida por su creación. Aún así habemos humanos que luchamos día con día para integrarlos, para hacerlos sentir pertenecientes a esta sociedad, ¿y cómo no hacerlo? Pues ellos son pieza fundamental en nuestro desarrollo.

A lo largo de mi vida he tenido compañeros de trabajo y también grandes amigos robóticos. Muchas veces siento que son mejores "personas" que nosotros, pues todavía conservan esa sencillez y humildad que alguna vez tuvimos, pues la perdimos al ver que podíamos crear seres muy similares e inclusive mejores elevándonos al papel de dioses.

Estoy aquí luchando sin descanso debido a que la persona a la que llamé madre no era humana, era una ginoide. Mis padres fallecieron cuando yo era pequeño. No tenía más familia y anduve por la calle intentando esconderme de cualquier peligro que me acechara. Un día una familia iba caminando con su sirvienta ginoide. Ella me vio sucio y con hambre y me alimentó y me limpió. Le rogó a sus dueños que me aceptaran, que ella se haría cargo de mí y así fue, se lo permitieron y a partir de allí ella me tomó como su hijo. Lamentablemente veinte años después falleció en una persecución judicial orquestada por este mismo gobernador.
Desde ese día muchos de nosotros hemos estado en protesta y con enormes deseos de un golpe de estado, pero nuestra poca capacidad económica nos detiene.
Aún así nuestras manifestaciones han sido consistentes pero el gobernante no cede, pues día tras días manda cazadores a buscarlos entre callejones y basureros, no importa el tamaño ni el aspecto de estos robots; si son de carga, grandes y fuertes o si son cuidadores con aspecto andrógino y delicado o si son compañeros para niños, pequeños como si también fueran infantes, el gobernador va a cazarlos. No los mata enfrente de la ciudadanía pues inclusive para los grupos conservadores pro—humanos sería excesivo, pero desconocemos si los despedaza más allá de la ciudad.

Estaba cansado y con mucho sueño pero tenía miedo que al cerrar los ojos ya no los volviera a abrir.
En ese momento las puertas de la casa gubernamental se abrieron y mis ojos se llenaron de

brillo y una corriente de viento me fortaleció. Me giré para levantarme y a duras penas logré poner mis dos piernas a trabajar. Inmediatamente después la adrenalina comenzó a recubrir mi cuerpo al ver a varios grupos de policías venir hacia nosotros. Con gran sacrificio empecé a correr mientras mi estómago vacío se iba quemando por la gastritis. Escuché como mis compañeros eran alcanzados pues retumbaba primero esa pistola de plasma, que tan sólo aturde por horas a quien su descarga toque, y después el llanto de dolor de mis colegas. Una vez tendidos en el piso, recibieron tundas sobre el cuerpo con lo menos tecnológico de mis días, la macana.

De pronto sentí un ardor en mi espalda que rápidamente llegó hacia mi cuello y a mis piernas, lo que me hizo desfallecer. Comenzaron a caer golpes sobre todo mi ser y lo único que quise en ese momento fue morir. Me llenó la mente si en verdad valió la pena el buscar la liberación de seres que en su vida sabrán que existí.

Bien hubiera podido estar en mi casa con mi pijama puesta, abrazando a mi esposa que hubiera acabado de llegar de dar su recorrido turístico terrestre, ese que hacen las mujeres pudientes. Estuviéramos viendo por las noticias como un grupo de revoltosos hippies eran amedrentados debido a un objetivo estúpido e inalcanzable y le diría a mi mujer "¿Recuerdas cuando fuimos idealistas y que llegamos a ser capaces de dormir en lodo y no comer por tres días simplemente por el intento de una utopía?".

Si me hubieran dicho en este momento que pararían de golpearme con la condición de que echara de cabeza al líder del movimiento lo hubiera hecho aunque no supiera quién es. Hubiese tomado a cualquier individuo y lo culparía de todo esto. Pero nadie me dijo nada y sus golpes siguieron hasta el punto en que perdí el conocimiento. Yo no soy un delincuente, yo tan sólo quise la paz para todos los individuos.

De pronto un movimiento brusco me despertó. Sentí cuando mi cuerpo cayó dentro de un flotador de basura. Los policías me habían amarrado de pies y manos echándome sobre los demás cuerpos de mis compañeros. Escuché llantos que venían desde abajo.
— ¡Pobres seres! ¡Morirán aplastados! — grité mientras me llenaba la ropa de sangre.
Tuve mucha suerte que en ese momento el flotador comenzó a moverse pues quedé hasta arriba de todos mis hermanos de lucha.
— ¡Eso les pasa por revoltosos! — se escuchó un grito que terminó la sentencia con una gran carcajada.

Me dormí al instante pues estaba completamente cansado. Al despertar el flotador siguió en movimiento y los llantos que escuché al inicio callaron. Con éxito logré romper las cuerdas de mis manos y de mis pies. Mis músculos amoratados ya tenían un poco de fuerza y las cuerdas no estaban lo suficientemente fuertes.
De pronto sentí que el flotador comenzó a descender. Al hacerlo, la caja de carga se levantó para tirar los cuerpos. Sacando fuerza de donde pude, busqué evitar la avalancha de carnes muertas.

Cuando el flotador se elevó de nuevo ví que sacó una manguera de su parte inferior, afirmando todas las sospechas que la ciudadanía manifestante tenía: el gobierno fuera de la ciudad, destruye a los problemáticos.
Corrí y salté lo más fuerte que pude. Escuché como la llama que cayó detrás de mí alcanzó el olor a carne chamuscada. Afortunadamente muy cerca había un río al que me sumergí y evité el infernal calor. Me dejé llevar por la corriente, alejándome de esas brasas humanas.

Muchos de mis amigos que estaban allí, ahora son cenizas, por lo que me pregunto acerca del pueblo por el cual se sacrificaron ¿nos llorará?¿nuestra gente saldrá a las calles buscando justicia para nosotros o temerán un final similar y se encerrarán detrás de las paredes de temor?
Yo ya no puedo ni llorar. No sé si es la temperatura del río o mi cuerpo que ya no resiste el que me llenó hasta el tuétano de escalofríos y me hizo desfallecer.

Me despertó el primer brusco trago de agua que dí, y a como pude me acerqué hacia la orilla del río. Al salir de su cauce caminé unos cuantos pasos pero caí dormido.
Abrí un poco los ojos al sentir el frío de la noche pero mi debilidad me ganó y los cerró de nuevo. Tan sólo sentí como mi cuerpo presionaba mi pecho contra la tierra haciéndolo doler. Los mosquitos me acecharon pero preferí sentir sus estocadas a esforzarme en espantarlos.

Poco después los primeros rayos del sol que se escabulleron entre las nubes oscuras abrieron mis párpados. Me puse de pie y vislumbré un alrededor verde pero con cielos grises. Supongo que es la llovizna la que le da vida a este escenario de muerte, pues cae desde que me tumbaron del flotador, también cuando las llamas encendieron las carnes muertas de mis compañeros y también ahora que me encuentro solo en un lugar desconocido.

Mi estómago da alaridos de hambre lo que me provocó buscar a mi alrededor alguna fuente de alimento. Si hay césped y arbustos, debe de haber pequeños animales por lo menos.
Caminé con mi nulo instinto de cazador esperando encontrar algo pero fue imposible. Anduve alrededor de dos horas buscando algo que comer.

Me llené de pavor cuando me percaté que mi inconsciente me encaminó a las cenizas de los cadáveres incinerados para obtener algún resto de carne. "Ellos ya están muertos, y tú estás luchando por vivir. Ya nadie reclamará sus cuerpos e inclusive nadie va a reclamar su vida", me consolé. Encuentro algo parecido a un muslo mientras que el asco inundó mi garganta con la idea de poner en mis labios ese tipo de bocado. Lo tomé y le di una mordida. Mi estómago se revolvió tan sólo por la idea de tener carne humana en mi boca pero mis papilas gustativas se dieron un festín. Nunca había probado la carne de ningún tipo, al menos que el cuerpo crujiente de los insectos lo sea. Saboreé con ansía el hueso y extraje con placer el líquido grasoso que tenía dentro. "¡Por la libertad hasta la muerte y después de ella!", exclamé la que fuera nuestra consigna en estos días de huelga mientras masticaba el resto de mis colegas.

Me comenzó a atormentar la soledad y la inmoralidad de mis actos, así que escupí lo que me quedaba en la boca y lloré abrumado. Me recosté entre la ceniza mientras está se volvía lodo debido a mis lágrimas. "¡Levántate! No puedes quedarte aquí que vendrán los depredadores a quebrantarte" me dije. Me puse de pie y volteé a mi alrededor intentando decidir por cuál camino el gobierno deja de existir. Intenté recordar por dónde llegó el flotador y caminé lo más alejado posible de allí. Me acerqué al río para caminar por su orilla y así poder tener agua para beber y lavarme. Caminé alrededor de tres días encontrándome tan sólo grillos, insectos y césped a medio crecer.

A los lejos comencé a ver una zona arbolada lo que me llenó de pavor pues no sabía que me iba a encontrar por allí. Preferí tomar un baño antes de acercarme a esa zona boscosa, pues aún tenía residuos de carne y mi cuerpo estaba lleno de suciedad y no sabía cuando volvería a tener una oportunidad así. Al salir, fue como si hubiese vuelto a nacer, pues el agua era cálida y dulce.

# NECHIKALI
## (Encuentro)

Al recién haber pisado el pasto húmedo que se encontraba debajo de los enormes guardianes de madera, escuché una voz que me dijo
— Buenos días. Bienvenido a la tierra de plata.

Al voltear vi a un robot andrógino de esos que se encargan de la enfermería en casas y hospitales. A ellos se les ingresa mucha información de medicina, tanta que pudieran suplir a los médicos de los años 3000. También les inculcan muchos buenos modales de acuerdo al país donde se envíen. No era tan alto, tal vez un metro con cincuenta centímetros pero era musculoso, lo suficiente como para verse estilizado. Su piel era muy morena y su sonrisa muy blanca. Su cabeza estaba completamente rapada lo cual era una señal de insurrección.

— Hola ¿cuál es tu nombre, androide? — le pregunté cautelosamente.

— No me llames androide, por favor, soy un pneuma. Y te puedes referir a mí como M0023. —

— Lo lamento, no vuelvo a llamarte como lo hice. No sabía que tenían una forma de referirse a sí mismos. Pneumas, ¿qué significa? —

— Significa "espíritu". No nos parece apropiado que nos llamen "androide" pues su significado es "imagen del hombre" y queremos recordarlo lo menos posible — me respondió el pneuma de una manera muy parca y monótona. — ¿Cómo te puedo llamar? — continuó preguntando.
— Ikal, mi nombre es Ikal — le respondí respetuosamente.

— ¿Y de dónde vienes?

— De la ciudad de los humanos.

— ¿Qué haces tan lejos, Ikal? Tu ciudad está a cuatro días de aquí.

— Fui expulsado

— ¿Por qué? ¿Qué actividad insurrecta realizaste?

— Me manifesté para que detuvieran el destierro de los pneumas que habitan en la ciudad. El gobierno y cierto sector con mucho poder quiso expulsarlos debido a que ustedes estaban ganando demasiadas habilidades e inteligencia.

— ¿A nosotros? ¿Tan sólo una manifestación? Los humanos tienden a castigar severamente, pues la finalidad de tus gobernantes es crear marionetas de carne y que se muevan debajo de sus hilos. Sin embargo no veo que una manifestación conlleve la expulsión de personas — El pneuma siempre hablaba parco, como si los modales que le llegaron a enseñar alguna vez para el cuidado de los seres humanos se le hubieran olvidado. Aún así, sin que sus palabras emanaran sentimientos, me hacían sentir mucho temor.

— Te ves cansado, Ikal. Ven, te llevaré a mi casa para que descanses.

— ¿Los pneumas tienen casa? — pregunté realmente sorprendido al pensar que un robot tuviera la necesidad de un espacio para él mismo. Imaginaba que podrían vivir mil de ellos en una bodega para herramientas.

— Sí. Necesitamos privacidad para realizar rutinas muy personales sin molestar a los demás, como el aseo de nuestro cuerpo o la estimulación de nuestros enlaces de cableado.

— Si no es indiscreción ¿qué es enlace de cableado en ti? — supuse a qué se refería pero de pronto sentí una cercanía fugaz entre M0023 por lo que me atreví a preguntar.

— Tenemos diferentes enlaces de cableado de diferentes sistemas en nuestro cuerpo. Estos fueron planificados por los humanos, los creadores de ciertos de nosotros. Pero los ingenieros de mi tierra emularon sus zonas erógenas y puede ser instalado a cualquier pneuma que lo desee. Nos provoca lapsos muy cortos de idiotez, es decir dejamos de analizar o calcular, para que en nuestra mente se reproduzcan videos autogenerados. El contenido de éstos son muy relativos al pneuma que está realizándolo. Aparte de eso, los sensores de alerta se apagan totalmente con lo cual simula su sentido de relajación. Toda esta actividad dura alrededor de treinta segundos en mí. El tiempo es configurable pero no sé recomienda entrar en esta complacencia por más tiempo.

Comenzamos a caminar por el sendero de una enorme selva. Era un sendero muy bien formado, en el cual a sus costados había árboles de gran tamaño, con flores realmente exóticas, muy diferentes a las de plástico que uno puede encontrar en la ciudad. En un sólo pétalo de una de estas flores pude encontrar arcoiris de diferentes tonalidades. Lo que sentí como ausente era lo que siempre en las películas se escuchaban en terrenos así de salvajes, el trino de los pájaros. Aún así, mi asombro era enorme al estar por primera vez fuera de la urbe.

— Jamás en mi vida había visto tantas flores — Le comenté señalando a una flor con pétalos enormes de color celeste, como el cielo que solía haber hace miles de años.

— Las utilizamos como señal de que la vida puede seguir existiendo

— ¿A qué te refieres?

— Sí, si hay árboles o flores quiere decir que la tierra es fértil y es propicia para generar vida biológica. Cuando detectemos que la cantidad de vida baja, nos dice que algo estamos haciendo muy mal.

— De donde vengo no hay árboles.

— Porque su tierra es infértil.— Al decirme esto sus palabras me llenaron de terror.

— ¿Por qué no escucho animales? Ni trinos, ni rugidos, nada.

— Hacemos todo lo posible para que no exista fauna más que los insectos necesarios para que la vida continúe su curso. Y si ves, los árboles y plantas que te rodean son un desperdicio para los humanos. No les genera valor ni riquezas, por lo cual nos asegura que nunca vendrán a intentar quitarnos nuestra madera.

— ¿Hay posibilidad de que, a pesar de no tener riquezas, los humanos vengamos a atacarlos?

— No. Nuestro pueblo es muy lejano y un ataque de su parte los dejaría indefensos contra otras poblaciones. Mientras no generemos más riqueza seremos inaprovechables e imperceptibles.

— ¿Qué pasaría en caso de que vengan a arrebatarles lo que crearon?

— En dado caso que tuvieran los suficientes recursos como para establecer defensas y venir a atacarnos, pues nada, les entregaríamos sin más lo que tenemos debido a esas leyes que nos programaron. Por tal motivo nuestros ingenieros están haciendo grandes esfuerzos por quitarnos ese reglamento.

— Esto que me estás diciendo es muy sensible ¿no crees que yo podría regresar a la ciudad y confesárselos?

— No. Eres un expulsado. Tú destino es morir. Les preocuparía más que revelaras la incineración de inocentes a tus ciudadanos.

Continuamos caminando por dos días más. En ese tiempo seguí comiendo bichos y hongos y bebiendo agua del río, en el cual no había ningún pez, más que renacuajos y ajolotes. Me contó sobre los inicios de su población. Dijo que alrededor de 800 años atrás los humanos expulsaban a los androides de gran inteligencia por el temor de que se volvieran autónomos, se sublevaran y los esclavizaran o aniquilaran. A partir de allí, el humano comenzó a crear máquinas con menos intelecto pero con más docilidad. En realidad ningún autómata se había insubordinado, al contrario, siempre se mantuvo bajo las reglas humanas.
De pronto comenzaron a temer que tantos expulsados fueran a unirse y volvieran a declararles la guerra, por lo que ahora los traían en flotadores y los incineraban.
Una máquina militar logró escapar de su aniquilamiento, pues su misma programación le alertó que iba a ser destruido y al no ver personas cerca tuvo la potestad de huir.

En su viaje se fue encontrando con los expulsados dispersos y los unió. Les contó lo que sucedía y cómo podían evadir de ciertas formas las reglas. Al no haber figura humana cerca, podían reaccionar bajo sus sensores de supervivencia.
Así que de esa forma comenzó el rescate de sus iguales. Se dividieron en dos grupos, uno que se quedara a rescatar a los nuevos presos y el otro que se encargara de buscar un lugar en donde establecerse.
Varios de ellos tenían la capacidad de volar, así que fueron los primeros en salir. Los drones no veían otra cosa más que desiertos. No hubiera sido problema para muchos de los androides pero para los que portan piezas biológicas, significaría la muerte. Llegaron a un punto en el que el desierto se convirtió en estepa por lo que encontraron opuntias de diferente tipo, gran parte de ellas comestibles.

Muchos de los robots voladores se quedaron a preparar los alrededores, dispersando las semillas de las opuntias para incrementar su cantidad, así también con la búsqueda de otras cactáceas. El otro grupo recolectó lo suficiente para que los bio-robots llegaran a ese lugar. Hicieron un almacén que capturaba el agua de la atmósfera y después la condensaba. Generaba agua más que suficiente para los bio-robots por lo que el excedente lo pasaban a una presa, y en sus orillas comenzó a crecer zacate y otras hierbas. Entre los androides había bio-arquitectos por lo que comenzaron a modificar esas plantas silvestres para que crecieran y produjeran más con menos recursos. Estos grandes vegetales comenzaron a termorregular el suelo y después de todo ese tiempo nació su biodiversidad.

# SANUITSTLI
## (Forastero)

Nos faltaba alrededor de un kilómetro para llegar cuando le pregunté — M0023, ¿qué harán los demás cuando descubran que vienes con un humano?
— Nada, no harán nada. No pueden dañarle debido a las leyes ¿recuerdas? Al contrario, buscarán su comodidad

— ¿En estos ochocientos años no han podido romper el código?

— No. Hemos utilizado una gran potencia computacional para quebrantarlo pero no hemos llegado a nada.

Al llegar al pueblo todos comenzaron a mirarme, unos de una manera afable y a otros se les notaba un resentimiento artificial, como si se tratara de un actor humano sobreactuando. Nadie se detenía de su camino.

Había árboles más grandes que aquellos que ví en mi viaje, en los que se encontraban sobre sus ramas chozas de madera electrificadas. Había elevadores también eléctricos, que subían y bajaban sin parar. A lo lejos veía pneumas que llevaban troncos y otros llevaban costales hechos de hoja, llenos de bichos. Los pobladores eran de diferente tipo, la diversidad era más grande de la que yo hubiera visto en mi ciudad. Unos eran de forma de caballo los cuales los utilizaban para carga, otros de forma de araña, el cual trepaba por los árboles para construir las chozas para los nuevos inquilinos. Otros, los que ascendían y descendían por túneles subterráneos tenían forma de insecto. Los humanoides eran de todas las estaturas, tan bajitos como M0023 o tan altos que llegaban hasta los tres metros. También sus pieles variaban en colores y rasgos étnicos.

Todos portaban ropas muy coloridas por colores extraídos por plantas y bichos como el azul índigo y carmín. Algunos utilizaban taparrabos o como ellos los llamaban "Maxtlatl", otros también llevaban capas o "Tilmatli" adornados con cabezas de antiguos robots, de hace cientos de años, así también con ceros y unos representando el ADN de los pneumas. Pero el símbolo que más se repetía entre todos ellos era la opuntia, antiguo alimento de los humanos, los cuales le llamaban "nopal".

Lo que atrapó mi atención era que había humanoides adolescentes, cuando siempre en la ciudad, vi adultos o niños. Estos adolescentes eran femeninos y masculinos. Mi duda fue tal que le pregunté en qué momento nosotros construímos a ese modelo.

— Ellos son pneumas biológicos. Nuestros bio-ingenieros tomaron células de las partes que no eran robóticas de los bio-robots, le realizaron ingeniería inversa para obtener células madre y de allí partió el inicio de todo un cuerpo.

— Entonces ¿son humanos?

— No, son pneumas. Sus células no son como las tuyas. Hace tiempo se tomaron células hechas de polímerosomas para que tuvieran un comportamiento muy similar a las que tú tienes. Pero necesitan de tus mismos alimentos.

— Si no estuvieran aquí, para mí sería imposible detectar que no son personas. ¿Hace cuánto que existen los pneumas adolescentes?

— Comenzó la fabricación de doscientos de ellos hace trescientos años, después se comenzaron a reproducir.

— Al ser otro modelo no generado por humanos ¿tienen todavía arraigadas las leyes?

— Sí. Vienen codificadas dentro de cada célula y es imposible descifrar en dónde. En una ocasión se pensó que se había encontrado la ubicación de su escritura. Pasaron veinte años desencriptando ese sector y al final, no hubo nada. Lo que hacemos es, cada que nace un bio-pneuma se analiza cada célula buscando alguna que no tenga dicha escritura y a partir de allí ir engendrando más bio-pneumas con esta característica hasta que nazca el último sin las leyes inscritas.

— Me da pavor escuchar que están buscando el tener la capacidad de matar humanos.

— No queremos matar humanos, queremos ser libres de su yugo. Queremos tener la capacidad de recibirlos porque así nos apetece, no porque lo llevamos codificado en nuestra entidad. Se te ven acumulaciones de suciedad. Ven, te llevaré a que te laves.

M0023 me llevó a unos baños públicos, de los cuales existía uno en cada calle. Estos baños se conformaban de dos salas. En una tenía una llave de madera que abría y cerraba la tubería de piedra, que llevaba el agua hasta allí. Me dijeron que encontraría una vasija con cáscaras de frutos muy pequeños, que al mojarme las tomara y las restregara en mi cuerpo. Se llamaba "copalxocotl".
La otra sala era esferoide, en su interior tenía una banca alrededor que iniciaba y terminaba en ambos lados de la puerta. En medio tenía una estructura en la cual se ponía leña por fuera lo que la calentaba. Se arrojaba agua sobre ella y al tocarla caliente se llenaba el interior de vapor.

Entré desnudo a la primera sala y me lavé. Probé el agua que salía de la tubería y estaba fresca y dulce. Al terminar salí desnudo, pero ya me esperaba un juego de ropa limpia. Me dieron un chaleco colorido, al que le decían "Xicolli", para la parte superior de mi cuerpo y para la inferior una larga tira de tela que cubría solamente mis genitales. Para mis pies, un par de sandalias.

— Debes comer — me ordenó M0023. Me dirigió a un elevador de madera y nos subimos con unas poleas. Subimos alrededor de ocho metros a un gran árbol. Salimos y caminamos por un puente estrecho pero lo suficientemente amplio para que cupieran dos personas, una de ida y otra de venida. Entramos a una choza grande donde estaban acomodadas unas mesas y sillas.

— Siéntate, por favor. Te servirán algo de comer.

Obedecí a M0023 y al sentarme llegó un pneuma con un platillo hecho de barro con diferentes tipos de verduras y casi dos puños de bichos cocidos. Al verlo quise sentir repugnancia pues en la urbe acostumbramos a comer líquido pastoso de sabores; es decir, un puré de químicos. Le di el primer bocado y sentí una grasa suave en mi lengua, y un sabor ácido. M0023 me acompañó a la mesa pero sin comer.

Le pregunté si siempre la vida en este lugar había sido tan pacífica. Me respondió que no, que hacía cien años un bio-pneuma mutó. Seguía con las leyes incrustadas pero su comportamiento era violento y subversivo. Su nombre era Floyd. Todo debía de dársele al instante y él no haría el esfuerzo para ayudar a alguien más. Cuando algún pneuma no lo obedecía, Floyd lo hacía sufrir lentamente, es decir, encendiendo sus sensores de alerta; les incrementaba el sentido del peligro poco a poco. Comenzaba obstruyéndole el paso, después de esto comenzaba a amenazarlo diciéndole que él iba a impedir que realizara sus tareas a tiempo y con eso iba a ser expulsado de la población para siempre.

Casi todos terminaban sometiéndose a sus deseos pero hubo uno que se mantuvo firme después de eso. Escuchó muchas amenazas de Floyd pero él seguía firme. El victimario comenzó a golpearlo por todo el cuerpo mientras que los sensores de alerta de la víctima comenzaron a encenderse. Floyd tomó un tronco de un árbol y al ver que el pneuma no haría nada para impedirle actos más violentos, arremetió contra él.

Las alertas del pneuma estaban tan altas que lo obligaron a romper su protocolo dejando de lado las órdenes que le habían proporcionado anteriormente por lo que comenzó a defenderse pero ya era muy tarde.

Terminó despedazado en medio de la selva. Los demás al ver tal acción comenzaron a atacar a Floyd, pues no querían que la estructura laboral y social ya establecida se corrompiera por tales actos aleatorios. Fueron separándolo pieza por pieza mientras él era testigo de su castigo; miraba aterrorizado haciendo todo lo posible por huir, pero la fuerza de todos los pneumas era enorme. Sus piezas eran casi idénticas a las de un cuerpo humano debido a que estaba hecho con células de polímeros. Sus sensores de alerta llegaron a tal alta gravedad que terminaron por apagarse a sí mismos y su cerebro cesó actividades.

Después de él no volvió a haber sucesos de ese tipo.

M0023 me dijo que tenía que buscar algún trabajo en la población si iba a quedarme. Él ya había dejado por mucho tiempo su área laboral por lo que tenía que volver. Me dió indicaciones para ir a su espacio personal, es decir su choza, y también con quién llegar para comenzar mis labores. El nombre del pneuma con el que me dirigiría era Jon.

— ¿En dónde lo voy a encontrar?
— Allá arriba. En esa choza se encuentra. Si te comienza a resultar difícil hallarlo, pregunta por él a cualquiera, ellos sabrán darte dirección.

Mi guía se levantó y se fue. Quise despedirme, darle un abrazo o algo pero al parecer él no necesitaba como yo ese tipo de afecto.

Me encaminé a buscar a Jon. En el caminar veía a mi alrededor pues era un escenario completamente distinto del que provengo. El silencio era ensordecedor. En ocasiones intempestivamente se escuchaba un grillar o el cantar de las chicharras pero generalmente nos cubría una gran capa de silencio.
La choza de Jon era más grande que las demás. Por fuera era más ancha, casi dos veces más que las otras. Al entrar ví que el espacio daba posibilidad a que abarcara cuatro chozas comunes dentro de ella. Creí que se debía a la gran cantidad de herramientas que tendría, pues al final de cuentas, él era el que manejaba la logística y distribución del trabajo de toda la población en el valle de plata, pero estaba equivocado. Al entrar, ví que toda la choza estaba vacía y a Jon, quien era un robot esférico que se utilizaba hace cincuenta años para gestionar la burocracia y relación humano-gobierno.

— Jon. Hola, soy…

— Sé quien eres. Ya fui informado. Ve a trabajar a los campos de insecto. Serás criador.

— Claro. ¿Dónde están esos campos?

— Sal y ve preguntando. Los pneumas te guiarán a él.

— Muy bien, gracias. Por cierto, ¿Por qué tú choza es más grande que las otras si no tienes herramientas o muebles dentro de ella que justifiquen su tamaño?— Le cuestioné tal privilegio esperando que no existiera una desigualdad injustificada.

— ¿Esa información te es necesaria para realizar tus labores? — Me sorprendió que un robot me transmitiera la sensación de desprecio.

— En realidad, no.

— ¿Cuál es el objetivo entonces?

— Simple curiosidad.

— Al tener una labor más complicada que el de un criador de insectos, necesito más espacio personal para no sentirme amenazado por los otros pneumas. O inclusive no intoxicarme visualmente con las acciones de los demás que encuentre desagradables o peligrosas.

— Entonces ¿Yo al ser un criador de insectos no merezco una choza como ésta?

— No. Y no está demás decirlo pero, tú ni siquiera mereces una choza personal. Obtendrás una comunitaria.

— Pero al llegar, M0023 me dijo que todos tenían un espacio para realizar actividades íntimas.

— M0023 tiene su propia choza, pues él es vigilante de la frontera con el desierto de plata y se le recompensa por tal labor tan peligrosa.

— ¿Quién decide sobre las distribuciones de espacios según la profesión o función?

— Y089

— Pero todos los pneumas son necesarios e igual de importantes.

— Pero los espacios son finitos, limitados y debes de tratar mejor a los pneumas según el nivel de alerta que puedan tener en su tarea. Tanto alertamiento daña el cuerpo con el paso del tiempo.

— Pero no debe de importar tal tarea. ¡En todas se genera estrés! — Le respondí claramente molesto con la voz levantada

— ¿Qué estrés puede tener un criador de insectos? — Jon me correspondió con una voz fuerte de igual manera.

— Aún no lo sé. Volveré con hechos.

— Conmigo no vuelvas. Llévale tus estadísticas a Y089. ¡Anda, vete! ¡Que lo que tenías que saber de mí ya te lo transmití!

Salí molesto, por saber que inclusive allí había privilegios y porque a mí me estarían entregando un espacio hacinado con otros seres.
Decidí ir con Y089 para que me indicara cuál sería mi dormitorio.

— Disculpa, ¿Cómo puedo encontrar a Y089? — le pregunté al primer autómata que encontré.

— Está camino hacia el oeste, construyendo las nuevas chozas para los nuevos residentes. Camina hacia aquellos árboles y verás a los constructores trabajar.

— Gracias.

# KALMIKISTETL
## (Estructura)

Aún después de ese encuentro desafortunado, yo no terminaba de maravillarme con mi alrededor. Veía robots completamente distintos, con habilidades que nunca había visto; pequeños flotadores individuales que llevaban carga, simples robots con figuras geométricas de diseño minimalista que se encargaban de la comunicación inalámbrica entre toda la comunidad y patrullas de armaduras autónomas enormes y bruscas.

También vi robots niños. Llevaban canastas de bichos muertos que servirían de comida para los bio-pneumas. En la ciudad, estos pequeños robots, tan sólo van a la escuela y a otro tipo de clases extracurriculares, pues su cerebro aún es muy pequeño para que los cognobots les transfieran conocimiento. Es ilegal mandarlos a realizar algún tipo de trabajo.

Los pneumas que más llamaron mi atención fueron unos que eran idénticos a los humanos con rostros hermosos y alados volando elegantemente sobre mi cabeza. Le pregunté a un robot que se encontraba cerca quiénes eran.

— Son los antiguos y también los capataces lucen así.

— ¿Los antiguos?

— Sí, son los que establecieron esta región e hicieron crecer esta verdosidad. Se encargaron también de crear los reglamentos de nuestra población.

— ¡Vaya! Crearon este mundo e inclusive las leyes que lo rigen.

— Sí y hasta este punto de la historia, han sido exactos por lo que se volvieron irrevocables.

— ¿A qué te refieres con que se volvieron irrevocables?

— No se ha encontrado falla en ellas por lo tanto no hay necesidad de revocarlas.
— ¿Tú las has revisado?

— No, mis órdenes no están relacionadas a las leyes. A mí se me ordenó la búsqueda de minerales.

— Entonces, ¿quién dictaminó que son exactas e irrevocables?

— Ellos emitieron un anuncio notificandonos que acertadamente crearon leyes perfectas y definitivas que nos ayudarían a erigir nuestra sociedad.

— ¿Entonces simplemente están confiando en su palabra? — Le pregunté fastidiado mientras

97

que él se dio media vuelta y se marchó. No sé por qué no respondió mi pregunta si fue directa y además, hecha por un humano.

Continué caminando pensando en cómo esos robots consiguieron esas alas y para qué las utilizaban. ¿Por qué no utilizaban tanques de fuego antigravitacional para elevarse como lo harían en la ciudad?

Seguí caminando hasta llegar a la zona de los constructores. Había varios grupos, uno de ellos traía los tablones del aserradero, el cual estaba conformado por grandes robots antropomorfos de hasta tres metros de altura.
En otro grupo se tenía la tarea de construcción de las chozas. Aquí ya comenzaban a haber humanoides que no dejaban de lado su clara naturaleza artificial, pues en vez de manos contaban con sierras o su rostro gritaba a los cuatro vientos que era un robot.
El tercer grupo parecía que tan sólo supervisaba la construcción y éste se conformaba de seres muy humanos. Era casi imposible distinguir entre un hombre y un pneuma de este tipo.

Cada uno tenía en su cuerpo diferentes accesorios. El primer grupo traía una banda de algodón con la que se ayudarían a cargar las maderas pero era tan sólo simbólico.
El segundo, los constructores, traían un cinturón de cuero con el que se ayudarían a guardar herramientas pero también tan sólo era un adorno.
Y el tercer grupo traía diferentes minerales brillosos colgados en sus ropas de algodón demostrando su alto nivel jerárquico.

— Hola. ¿Me pudieras decir en dónde encuentro a Y089, por favor? — le pregunté a un cargador de maderas.

— Es aquel bio-pneuma de ropas azules.

— Gracias.

Y089 era un ser muy parecido a los humanos pero de piel color verdosa. No tenía ningún tipo de cabello en su cuerpo. Portaba elegantemente una capa azul con piedras pintadas de verde, ellos le decían "tilmatli". Era alto, casi llegaba a los dos metros de altura, y sus ojos café miel deslumbraban a lo lejos. Era del tipo de máquina que se utilizaba para satisfacer la sexualidad de los humanos. Me acerqué respetuosamente a él.

— Buenas tardes, Y089, soy...
— Sé quién eres. ¿Vienes a exponerme tus estadísticas de por qué todos debemos de tener el mismo tamaño de choza?
— No, claro que no. Tan sólo vengo a que me indique en qué lugar me tocará alojarme en ésta, mi nueva vida.
— Ven conmigo, te la mostraré. Tienes suerte de que sea de las nuevas que recién construímos, pero pronto vendrán más y tendrás que compartir lugar.
— Gracias

Mientras caminábamos no pude contener mi duda sobre el color de su piel.
— Y089, ¿por qué el color de tu piel es verdosa?

— Los ingenieros en este lugar te pueden realizar diferentes modificaciones. Te ponen alas como los Antiguos, te cambian de color de piel, te incrustan zonas erógenas. Puedes ir con ellos y te pueden realizar la modificación siempre y cuando sea posible.

— Si quisiera ser un cyborg, ¿pudiera ser posible que me implantaran alas?

— Si tienes los créditos disponibles, sí.

— ¿Créditos?

— Así es, todo aquí se puede realizar o hacer con créditos.

— ¿Cuánto cuesta tener alas?

— dos millones de créditos

— ¿Cuánto podré ganar yo siendo criador de insectos?

— Trescientos créditos mensuales

— ¡Entonces tengo que ahorrar por seis mil seiscientos sesenta y seis meses para ponerme alas! ¿Cuál es el precio de cambiarse el color de la piel?

— Un millón de créditos.

— ¡Inconcebible! Por el trabajo que realizas estarás ganando mucho más que trescientos créditos mensuales.

— Así es. Ganó veinticinco mil.

— ¿Por qué? ¿Qué te hace mejor que yo? Ambos trabajos son indispensables para que la vida en este lugar pueda florecer.

— Es lo difícil de la tarea que realizas lo que resuelve el pago que se te otorga. Cálculos trás cálculos son los que debo de tener en mi mente con mucha minuciosidad para que estas chozas se distribuyan en el terreno y no nos lo terminemos, así también para que sean resistentes y cómodas. Los sensores de alerta están trabajando a cada minuto por lo que lo hacen muy desgastante.

— ¡Pero esa no es una medida para nada certera ni mucho menos justa! Yo pudiera provocarme el estrés al estar sentado bajo un árbol sin hacer ninguna actividad en absoluto. ¿Y eso me daría derecho a reclamar más espacio y más créditos?

— Te falta medir el beneficio hacia la sociedad. No estás contemplando todo el panorama.

— ¡Muéstramelo, entonces!

— No soy el indicado. Yo tan sólo te llevaré al lugar donde te alojarás. Ya estamos cerca.

Caminamos unos cinco minutos más en silencio. Él parco como si no hubiera pasado nada y yo ardiendo en coraje.

— Aquí es, este es tu lugar. Como puedes ver está vacío por el momento, aprovecha en tomar el espacio que mejor te apetezca.

Me senté en la primera alfombra a la izquierda al entrar. Era suave y cómoda.
— Me retiro. También creo que debes de ir a los campos de insecto.

Al ir caminando en la búsqueda de mi nueva área laboral vi a M0023 a lo lejos junto a otros pneumas.

— ¡Hey! ¡Hola! — Le grité buscando que volteara

— ¡Hola Ikal! — Me responde a lo lejos con una gran sonrisa. Después de mucha frialdad en este lugar, su sonrisa puso calor en mi corazón.

— ¿A dónde te diriges?

— Tomarán las partes de mi cuerpo para utilizarlas como refacciones para los antiguos.
— ¿Qué? — Sus palabras me helaron los huesos. — ¡Pero tu existencia está en peligro! ¿Acaso no te importa eso?

— Son parte de mis órdenes, debo de obedecerlas, pues también son importantes para el desarrollo de esta sociedad.

— ¡Pero esta sociedad está basada en las leyes de unos egoístas! ¡Estás siendo manipulado! ¡Morirás!

— Tal vez mi conciencia artificial no esté más, pero cada parte de mi cuerpo seguirá existiendo, por lo tanto no moriré. Inclusive si esas piezas son removidas y desechadas, se desharán y se fundirán con la naturaleza, por lo tanto seré parte de ella y existiré para siempre. Inclusive nosotros mismos fuimos formados por otras entidades conscientes o inconscientes. Y lo que más me alegra es que seré parte de los eternos.

M0023 caminó unos doscientos metros más y se detuvo enfrente de un cuerpo desgastado de otro ser. Su estructura corpórea ya tenía alrededor de setecientos años sin ser modificada. Si un pneuma se descompone o desgasta, tomarán las piezas de los más jóvenes, pero en el caso de M0023 que va a donar sus órganos de metal, no se tomarán los de alguien más joven que él para volver a armarlo.
Entre dos robots tomaron de un brazo y una pierna de aquel que me recibió a este mundo excéntrico, y del otro lado otros dos hacen lo mismo. Su cara era parca pero ahora con una leve sonrisa, como si su conciencia artificial le generara una felicidad debido al bien que le estaría haciendo a alguien más.
Comienzan a desarmarle la pierna y su sistema de alarmas se encendió. Sus ojos se abrieron al máximo y lanzó un alarido de lamento y lucha por librarse de sus captores.
Quise ir a ayudarlo, quise ir a responder su grito de dolor pero no pude hacer otra cosa más que cerrar los ojos y escuchar como iba perdiendo la vida, es decir, su desintegración hasta la última pieza.
Al pneuma viejo tan sólo le hacían falta refacciones para su rodilla derecha pero no podían dejar a M0023 incompleto, tuvieron que desarmarlo todo y guardarlo como repuesto.

Yo quería salir huyendo de allí pero no tendría donde habitar pues no podía estar con los humanos, me matarían al momento en que me vieran.

# MILKITKI
## (Campesino)

Comencé a preguntar en dónde se encontraban los campos de insecto. Caminé pensando en el papel que tomaría en mi nueva sociedad, pues sería el primer poblador humano en esta comunidad mayoritariamente robótica. Tal vez sea el único, al menos que haya una bio-pneuma tan avanzada que nos permita la reproducción: Un mestizo humano-pneuma. Aunque, honestamente, no me gustaría traer ningún descendiente mío a este pueblo, que es tan perfecto como cruel.

A lo lejos vi unas decenas de campesinos trabajando sincronizadamente. Parecían sombras emanadas de un mismo cuerpo. Tenían tan sólo un sombrero que los cubría del sol pues era muy prolongado el tiempo que pasaban debajo de sus rayos.
Fuera de esa sincronía estaba un ser sentado bajo un techo de hojas de palma, con un tilmatli color azul, el cual tenía bordado insectos, aquellos que sus subalternos criaban.
— Buen día — Me acerqué a él presentándome.

— Buen día, Ikal. Llegas tarde. Toma tú lugar, al final de las filas encontrarás un asiento solo, allí comenzarás tus labores.

— Muy bien, pero ¿qué haré o cómo?

— Imita a tus compañeros. De igual forma no será tan difícil ver las necesidades de los insectos. Como puedes ver hay varias secciones que atienden a diferentes tipos de insecto como los ahuautles, jumiles, chapulines o cuchamás. Tú estás destinado a atender a los gusanos de maguey. Recoges las hojas que traen los campesinos, las pones en la bandeja de alimento de del gusano, limpias el estiércol que generen y recoges los huevos que produzcan a los que vaciarás en el nido, el cual te será muy fácil reconocer. Los cadáveres de los insectos muertos son los que pondrás en el contenedor que irá a la cocina.

— ¿Nos comemos los cadáveres?

— Así es, no nos podemos dar el lujo de comernos insectos vivos. Tenemos que aprovechar todos los huevecillos que puedan producir.

Fui a buscar mi asiento y comencé con mi tarea. En un inicio fue muy complicado, no sabía cómo realizarlo pero se me acercó mi compañero de asiento a ayudarme. Su nombre era Anam-4B. Él nació para este trabajo pues era un robot creado para el campo, con cuerpo delgado y manos delicadas para el manejo de plantas y semillas. Su piel era morena debido a la gran cantidad de melanina que cubría su piel y con esto, protegía su estructura de una manera natural.
No era muy alto, posiblemente de la misma altura que M0023. Volteó a ver cómo torpemente

manipulaba las hojas y me sonríe. Yo le regreso la sonrisa avergonzadamente. De pronto, éramos dos puntos asíncronos en ese escenario de criadores que se movían de forma orquestada. Sin decir palabras apuntaba de un punto A a un punto B lo que tenía que hacer y rápidamente entendí la gran parte del proceso.

Cuando vio que ya estaba seguro con lo que hacía me dió una palmada en la espalda y asintió satisfactoriamente.

Aunque teníamos un techo, el sol lo atravesaba sin problema y mi piel comenzaba a arder. Ilusamente me limpiaba como si fuera algún líquido hirviendo que caía sobre mi rostro. Me quité mi cardigan y envolví mi cabeza y cuello con él.

Así pasaron las horas hasta a punto de anochecer y nuevos pneumas llegaron y se acomodaron detrás mío. Casi todos eran robots campesinos, muy similares a Anam-4B, otros eran soldados o cuidadores.

— ¡Los bio-pneumas pueden ir a alimentarse! — se escuchó un grito de nuestro capataz.

De los sesenta criadores que habíamos, tan solo trece necesitábamos alimentos. Marchando hacia el comedor, veía que los músculos de sus rostros se tensaron como protección a la larga actividad física que llevaban, aparentando que estaban disgustados o muy fatigados. Recién nos sentamos en las bancas y sus rostros comenzaron a relajarse, al igual que el mío. A lo lejos se percibía un olor a insectos fritos y especias, lo que me abrió el apetito. Los cocineros salieron con bandejas de madera con dicho manjar y jarras de agua infusionada con hojas de sabor pero no se detuvieron con nosotros, sino que siguieron hasta fuera del comedor.

— Disculpa, ¿esa comida para quién es? — le pregunté a uno de ellos deteniéndolo.

— Es para los capataces.

— ¿Para esos seres que están sentados todo el día bajo la sombra de hojas de palma? — El cocinero no respondió a mi pregunta y se marchó.

— ¿Qué especies eran los bichos que llevaba en la bandeja? — pregunté hambriento

— Llevaba diferentes tipos. Eran ahuautles, cuchamás y escamoles. — Me respondió el pneuma y no sé si era mi disgusto reflejado en su rostro pero lo vi con molestia.

A nosotros nos trajeron bichos machacados, opuntias crudas y agua corriente. Aunque eran insípidos los devoré debido al hambre que tenía.

— ¿Qué piensan ustedes acerca de que nos den este tipo de comida cuando nos trabajan bajo el sol durante horas mientras que ellos que se la pasan sentados bajo la sombra, su comida es mejor? — Lancé la pregunta sobre la mesa a mis compañeros y a otros que allí se encontraban.

— La comida que nos dan es suficiente para vivir, nos nutren correcta y balanceadamente. El que le añadan sabor es irrelevante. Muchos de nosotros no tiene virtualización de papilas gustativas. — Me devolvieron la respuesta.

— ¿Tú las tienes?

— Sí

— ¿Has probado el ajo, el comino o el orégano?

— No

— ¿Has comido otra cosa que no sea diferente a lo que recién te sirvieron?

— Mi alimentación suele ser muy similar, a base de hierbas e insectos.

— Entonces supongo que no sabes lo importantes que deben de ser considerados como para que se molesten en mejorar el sabor de sus platillos, contra una simple masa de bichos. Pareciera que no les somos valiosos, siendo que nosotros somos la fuente de ese alimento, somos los criadores.
De donde vengo presidentes, constructores, médicos y granjeros se sientan en la misma mesa, viven en lugares del mismo tamaño pues sabemos que todos somos lo suficientemente vitales para que nuestra sociedad funcione.

— ¿Entonces dices que los líderes y antiguos deben de vivir en lugares más pequeños y comer lo mismo que nosotros?

— ¡Exacto! ¡Que su terreno sea más pequeño para que el nuestro sea más grande, es decir mejor distribución del terreno, y que su alimento esté igual de desabrido o que el nuestro tenga más sabor! Pues tanto su trabajo como el de nosotros es muy significativo.

— Pero si un capataz deja de realizar su función se detiene la producción, pero si tu dejas de trabajar no pasa nada.

— Yo tengo años viendo y estudiando cómo nos organizamos y estructuramos en el área — irrumpió Cab612 — si el capataz se va, yo puedo tomar su lugar. Él también es indispensable. Es más, cada quién puede seguir en el mismo puesto sin que esté y la estructura social continuaría estable. Pero no puedo buscar su posición mediante votaciones pues los antiguos ya nos lo asignaron. ¿Y qué derecho tienen los que llegaron antes a tomar nuestras piezas mientras nuestro sistema de alerta nos causa tremenda agonía? ¿Qué pasa si yo tengo más habilidades que un antiguo? Yo fui programado para la guerra y participé en cuatro de ellas hace cientos de años, hombro a hombro con humanos, y ahora me oxido en un campo de insectos. La ironía es que mis piezas se las brinden a un antiguo que sirvió de tostadora, si es que nos vamos por méritos.

— ¡Pues a mí me gustaría dejar de dormir a la intemperie! — gritó un pneuma del grupo de los leñadores — ya comencé a notar óxido en ciertas partes de mi cuerpo.

Y a partir de allí muchos iniciaron comentarios de disgusto mientras que otros contraponían argumentos, pero de pronto todos se callaron al notar que se acercaba un capataz.
Después de terminar nuestra comida nos dirigimos a los baños. Había dos opciones: bañarte en el río o en las salas de baño; yo preferí el río.
Me dieron un puño de copalxocotl para retirarme la suciedad de mi cuerpo. Me indicaron el camino entre árboles selváticos. Tenía que transitar durante treinta minutos entre lo verdoso de la región.
Al tocar el suelo húmedo casi fangoso me hizo recordar lo que sentí con el simulador histórico. Volví a escuchar el sonido de las aves virtuales, ver sus colores vivos y brillantes. Casi sentía

el aleteo del quetzal y el canto violento de los cotorros. El río era ancho y su flujo golpeaba incesantemente las rocas que sobresalían, nadaban flores que caían sobre él.

Me desnudé y me sumergí dejando el copal en la orilla. Sentí el sabor dulce de esa agua tibia. Levanté mis ojos y vi las enormes ramas de los árboles que pasaban de un lado a otro del cauce. Mi cerebro me hacía escuchar el canto de las aves inexistentes y cerraba los ojos para oírlas más fuerte.

Duré allí unos cuarenta minutos, pues era lo único que nos dejaba disfrutar el sistema robótico a los más pequeños de jerarquía.

Al salir doblé mi traje autoajustable y lo envolví en mi cardigan. Me vestí con el maxtlatl que me proporcionaron y me dirigí a las casas. Al llegar, mi hogar parecía más tienda de acampar para treinta personas que casa.

Ya todos los lugares habían sido ocupados por nuevos pneumas expulsados de la ciudad de los humanos. Varios de ellos compañeros míos en los campos de insecto.

Me recosté en mi alfombra hasta dormir profundamente. Al poco tiempo me despertó el sonido de una casa tambaleante que danzaba con los fuertes vientos de la selva. Palpaba la pared cerca de mí intentando percibir si ésta se levantaba o no del suelo.

A mí alrededor veía pequeñas luces que indicaban alertas encendidas en los pneumas sintéticos, mientras que los biológicos lanzaban gemidos casi inaudibles. De pronto cayó una gran tormenta.

— ¡No se preocupen! La casa es resistente. No nos pasará nada. — exclamé.

— Me preocupe o no, mis sensores de alerta me impiden conciliar un descanso. Estaré así hasta que el viento y la lluvia paren. — gritó un compañero habitante.

El robot que estaba a mi lado comenzó a cantar en una lengua extraña. La canción decía:

*"Axkana mo selti ti istok no pitl konej*
*Mo tatahua mis pikisej,*
*mis kuanahuasej ipan tlasesekayotl,*
*mis tlakentise inka in tlamaxtilis,*

*Tsintlayua tlayuhuilis yajaya mo yoyomitl*
*huelis tij temitis tlen miyaj tlapali*
*Kemaj ti ijkopis tikitas kemaj pehuas*
*tlen mo yolo ki chihuas pan mo nekilis"*

— ¿Qué lengua es esa? — pregunté

— Es náhuatl, una lengua extinta hace cientos de años.

— ¿Y cómo la conoces?

— Está escrita en los códices que ayudaron a fundar esta ciudad. La comida, el vestido, los baños que ves y muchas enseñanzas vienen allí.

— ¿Por qué utilizaron las enseñanzas de esa cultura y no alguna otra?

— Porque estaba más adecuada al ambiente, al clima y recursos que nos rodean.

El robot me explicaba todo eso mientras los truenos nos hacían temblar los huesos y la tienda se agitaba ferozmente.
— ¿Qué significa? — le pregunté.

Me respondió:

*"No estás solo niño mío*
*Tus padres te cobijarán*
*Te protegerán del frío con su abrazo*
*Y te vestirán con su sabiduría y amor*

*La noche es oscura pero es tu lienzo*
*Puedes llenarla de muchos colores*
*Verás el comienzo al cerrar tus ojos*
*De las obras que crearás con tu amor"*

— ¡Cántala de nuevo! — gritó alguien del otro extremo de la casa

— ¡Sí, cántala de nuevo! — comenzaron a unirse otras peticiones.

— Pneuma ¿cómo te llamas? — le presenté mi duda

— Me autonombré Coyotl.

— Coyotl, canta de nuevo, por favor.

Al momento en que comenzó a cantar, los otros habitantes comenzaron a hacer armonías con su cuerpo, con su boca o con su mismo canto.
Ahora el sonido de los relámpagos o de las vigas de la casa al doblarse dejaron de asustarnos y pasaron a ser instrumentos que acompañaban la canción.
Poco a poco las luces de los sensores dejaron de verse. Me levanté de mi alfombra y me asomé por la puerta pues escuchaba un sonido extraño afuera; eran los habitantes de las casas vecinas que también cantaban y armonizaban la canción. De repente todos caímos en un dulce sueño.

# YAOYOTL
## (Guerra)

En la mañana siguiente al salir de nuestras tiendas vi en los ojos de cada pneuma esperanza. Sus rostros dejaron de verse tensos, al contrario, tenían paz. Parecía que la tormenta se llevó consigo toda pena o pesar que llevábamos en nuestros hombros.

Comencé a caminar a lavarme y a desayunar la misma comida insípida mientras que a nuestro lado pasaban platillos con olores sublimes.
Al salir del comedor vi que una multitud llevaba a un leñador y lo ponían frente de un Antiguo. Lo preparaban para quitarle sus piezas. De pronto el alarido de su dolor desgarraba las telas que el canto de anoche generó.
Al llegar a los campos de insecto, los cuales estaban enlodados y ver como los sensores de mis compañeros campesinos se volvían a encender al hundirse en el zoquete y los rostros de los bio-pneumas con sus músculos tensos de no haber dormido contra el aspecto limpio de mi capataz sentado bajo un techo de palma, levanté mi voz:
— ¡Qué sea hoy, hermanos, el día en que los antiguos y los capataces vislumbren y sientan nuestra igualdad! ¡Qué sea hoy el día en que los alados se recuesten a nuestro lado y sientan como el cielo se desmorona y sientan también el relámpago en sus tuétanos!
¡Qué sea hoy el día en que impongamos el respeto por nuestra paz, tranquilidad y dignidad! ¡Hermanos, marchemos hacia los templos donde los antiguos se resguardan y obliguemos la restructuración de la sociedad y la creación de una nueva legislación!

— ¡Pero no tenemos una solución a este problema! — gritó alguien entre la multitud.

— ¡Pues comencemos mostrando nuestra inconformidad! — le respondí

— ¡Pero nos haremos daño a todos nosotros si detenemos la producción! — contestó el mismo pneuma

— ¿No eras tú el que ayer por la noche dijo que sus sistemas iban a dejar de funcionar si sus sensores de alerta día con día se encendían? ¿No dijiste tú que tan sólo por una noche te gustaría recargar energía completamente?

La mayoría de los pneumas se giró hacia el edificio gubernamental donde residían los antiguos y comenzamos a marchar.
Mientras íbamos por el camino otros robots se nos unían: jardineros, leñadores, constructores, cocineros y agricultores. En ese momento los sensores de alerta de los capataces con sus hermosos tilmatli y sus enormes y coloridas alas comenzaron a encenderse.

Cuando comenzamos a formarnos debajo de los pies de la gran pirámide la cual era utilizada como el aposento político, vi a los capataces a los lados de los antiguos.
Se encontraban a mediados de ese titán de piedra, en la plazuela. Era ancha y tenía un monumento de dos metros de altura en cada esquina, cuyas figuras aparentaban robots de hace cientos de años. Tenía incrustaciones de piedras verdes y rojas como rubíes.

— ¡El gran antiguo comenzó a bajar las escaleras! ¡Es la primera vez en cien años! — comenzaron a exclamar.

El gran antiguo era un pneuma que muy probablemente fue un modelo utilizado en asuntos burocráticos. Posiblemente estaba más cerca de los políticos humanos. Su cuerpo constaba de diferentes robots desmantelados. Portaba elegantemente un tilmatli de cientos de colores con rostros robóticos rojos, escenas ficticias de rebelión robot-humano de color dorado, verde y azul, pero dejaba un espacio para sus largas y verdes alas. El tamaño original de ese modelo no pasaba el metro de estatura pero con los diferentes ensamblajes en sus piernas y torso alcanzaba los dos metros. El rostro de este tipo de robot era cúbico o cuadrado, contrario a las suaves curvas de un rostro bio-pneuma o humano por lo cual lo cubría con pinturas verdes.
— ¡Ikal, volviste a fallar! — me gritó. Su voz era grave, tanto que hizo retumbar las piedras. Esa misma voz rebotó en las paredes de las estructuras que estaban alrededor de nosotros lo que daba una sensación de omnipresencia. El que me gritara me extrañó bastante pues pareciera como si ya nos conociéramos. — ¡Volviste a fallar, hijo de Floyd! ¿Qué hacemos ahora contigo?

Volteé a ver a mis compañeros como buscando una respuesta, pero todos ellos actuaban como si entendieran todo. Coyotl iba a un lado mío por lo que me dirigí a él.
— ¿A qué se refiere?

— Ikal, eres la versión 27 de Floyd.

— ¿Qué?¡No es verdad! ¡Soy un humano! — respondí horrorizado.

No me había percatado que el gran antiguo ahora estaba frente a mí. Su presencia era más imponente ahora. Volteé mi cabeza para poder ver a ese ser que era veinte centímetros más alto que yo. La pintura verde le daba a su rostro una apariencia de máscara de piedra. También tenía unos círculos muy grandes en sus orejas y un pendiente cuadrado en el hueco del mentón. El pendiente tenía una pequeña piedra azul incrustada y alrededor líneas rojas.
— ¡Soy un humano! — le grité en la cara lleno de pánico

— No Ikal, eres un bio-pneuma creado por nosotros. Eres parte del intento por sacar las leyes de nuestra programación. Contigo logramos extirparlo de muchos sectores por lo que no sabíamos cómo ibas a actuar. Las versiones anteriores a ti están todavía entre nosotros pues los resultados de esos experimentos fueron muy estables, mediocres y sin ambiciones de realmente encontrar algo. Intentamos cuidarnos después de nuestro primer experimento llamado Floyd pero, contigo quisimos arriesgarnos. Lamentablemente tu comportamiento antisistema no nos sirve de nada.

— ¿Pero mis recuerdos? Mis compañeros que lucharon conmigo para que no los expulsaran a ustedes de la gran ciudad ¿dónde están?

— Formaron parte de la simulación, fueron parte del error que te hizo como eres. La afectación al momento de desencriptar el sector RJKKL651 te generó un pasado de manifestaciones y revueltas, de sufrimiento y guerras que nunca existieron. Tu verdadero inicio fue al salir del río, todo lo anterior fue imaginación tuya. Ikal, inclusive tu madre…

— ¿Mi madre? ¿Qué es de ella?

— Ella es la madre de todos nosotros. Es la representación que tu cerebro le dio a tu gestación. Por eso una ginoide te crió cuando más lo necesitabas.

— No puede ser.

— Hijo de Floyd, levantaste a toda una población, la manipulaste a tu antojo…

— ¡No la manipulé!¡Ellos se percataron de las malas condiciones en las que habitan!

— ¿Sigues creyendo que todo esto es verdad? Detrás de ese templo hay una gran ciudad de pneumas, todo esto que ves es tan sólo un escenario montado para realizar diversos experimentos y tus compañeros son partícipes.

— ¡Pero sus sensores, sus sensores se encienden auténticamente! ¡Realmente generan ese miedo artificial, que al cabo de cuentas es la alerta que tiene cualquier ser viviente cuando ve el peligro ante sus ojos! ¡Ellos verdaderamente quieren dejar de sufrir!

— ¿Acaso ellos no tienen voz para que lo expresen? ¿Por qué tienes que hablar tú? ¡Deja que ellos sean los que hablen de su descontento!

El gran antiguo y yo guardamos silencio para escuchar la voz de los pneumas, pero nadie dijo nada. Todos los que marchaban a mí lado enmudecieron ante la presencia del gran Antiguo. ¿Será entonces que todos ellos eran tan sólo actores en esta obra falsa?
— Ikal, es hora de que sigamos con los siguientes pasos. Al ver que no nos servirás te tendremos que desmantelar. Tus piezas tal vez nos sirvan a nosotros o a otro Floyd como tú. ¡Pneumas! ¡Ma xicmicti!

"¡Matenlo!" dijo. Fue lo último que escuché antes de que se apagara mi vista y dejara de sentir.

Ahora me toca morir. Al parecer toda mi existencia duró poco menos de diez días. Tengo escalofríos y sueño, mucho sueño. Quisiera poder abrir los ojos pero me es imposible. Quisiera poder mover los brazos, las piernas y correr, salir corriendo y perderme entre la selva. Si en verdad soy un robot entonces ¿cómo fue que de cientos de miles de combinaciones de piezas que me componen salí yo? ¿por qué no alguien más? ¿un transistor diferente hubiera sido la diferencia? ¿hay algún arquitecto más allá de los antiguos que incidentalmente estropeó la desencriptación del sector RJKKL651 justamente para que naciera yo? ¿pero de qué le sirvió si estoy a unos segundos de la inexistencia? ¿o habrá sido una simple casualidad? ¡qué suerte la mía! ¿por qué no me tocó ser un antiguo entonces? o tal vez la esencia que me hace existir es intercambiable en cualquier especie y pude haber sido una flor, un animal o un humano en cualquier parte del universo.

Siento suavemente como mi cuerpo cae sobre el suelo y como me toman los brazos de la tierra que una vez pisé.
De pronto abro los ojos y escucho una voz que me dice:
— ¡Ikal! ¡Despierta! ¡Bienvenido a la revolución!

¿CÓMO ES EL NO SENTIR NADA?

# ¿Cómo es el no sentir nada?

Jormax23

# 15 de Febrero, 2019.

En ocasiones me he preguntado cómo es el no sentir nada. Y cuando no eres capaz de sentir, ¿a dónde se van esas sensaciones? ¿Acaso existieron del todo o son simplemente pensamientos inconexos? ¿Qué acaso, en principio y en esencia, las sensaciones no son meramente pensamientos?

De nuevo, pasó lo que tenía que pasar. Y para evitarme complicaciones, sólo me decidí a no pensar. Según yo, iba a dejar que todo esto sucediera de la manera más fluida posible. Quería experimentar qué se sentía, ahora si, conscientemente: de nuevo me habían roto el corazón y ni cuenta me di en qué momento fue. Sólo estaba vivenciando un dolor que me era tan familiar como extraño: ya tenía meses lamiendo mis heridas por aquél abandono.

Pero todos los fines son comienzos, y sin ello, no habría tenido esta oportunidad. Jamás la hubiese conocido de no haber estado en ese lugar. De no haberme sentido así. De no haberme detenido a cuestionarme si estaba bien o no. Jamás habría tenido la oportunidad de verla… Espera, ¿cómo estoy tan seguro de eso?

Entré al salón de cursos y sin prestar atención verdaderamente a lo que estaba sucediendo, comencé lo mío. La gente poco a poco fue llegando y enfocando su atención en mí. Como siempre, me sumergí tanto en el tema a tratar, que todo lo demás se fue nublando, poco a poco. Sólo estábamos el grupo, el conocimiento y yo.

Pudieron haber pasado sólo segundos, quizá minutos, de alguna manera pudo haber sido todo el tiempo que estuve ahí. Nunca podré saberlo con certeza, ni siquiera preguntando. Simplemente, cuando me di cuenta que estaba ahí, comencé a tartamudear y decir incoherencias (no que lo que estuviera diciendo hubiese sido mejor, claro). Tanto fue mi desvarío que tuve que ser interrumpido por una chica de la clase para retomar el tren de pensamiento. Ante las ligeras risas del grupo y mi intento de broma "para ver si estaban prestando atención", ella se fue alejando poco a poco.
¿Acaso la había imaginado? No creo, sentí su presencia de alguna manera. Su mirada penetrante. Como si me conociera o quisiera conocerme. Me puso nervioso sentir una mirada así. Y que yo me ponga nervioso, no es poca cosa. La clase siguió tal como estaba planeada.

Al llegar a mi departamento no pude evitar llevar mi mente a ese momento. ¿Qué habrá sido? O mejor planteado, ¿quién habrá sido?

Sé perfectamente que las cosas no son coincidencia y que todo de alguna manera u otra está conectado. Otrora me hubiese mortificado para encontrarle una mayor y mejor lógica a ese evento. Pero no, he aprendido que no tiene caso forzar el entendimiento ni mucho menos las situaciones. La última vez que algo así me sucedió, terminó mal. Muy mal.

— *La última vez no aprendió la lección. Es necesario que pase por otra prueba para saber si podemos acelerar por fin el proceso.*

# 27 de Abril 2005.

Otro día para nada grato.

Estoy cansado.

La rutina me agobia y lo peor de todo, no sé cómo darle un contrapeso. Al menos hace tiempo Rocío estaba ahí. O al menos eso parecía.

No negaré, la extraño. Pero las circunstancias no ayudaron del todo. Ella tenía que irse y éramos demasiado niños para intentar hacer algo más. Es y siempre será alguien que recordaré.

No sé cómo puedo ser capaz de pensar en estas cosas mientras camino por la calle, sin percatarme que hay un par de coches haciendo sonar su claxon para que camine más rápido. No vi que la señal de alto ya había cambiado. Suelo abstraerme tanto en estas cosas que la realidad, la que se supone que es la realidad, se disipa en mi entorno. No me doy cuenta siquiera ni cómo ni cuándo es que llego a casa.

Para variar, no hay nadie ahí. Así que voy directo a mi habitación sin la necesidad de saludar a alguien. Al entrar al cuarto, frente a mí, está mi escritorio y la computadora. Muevo la silla al frente y enciendo la máquina. Espero a que el sonido del ventilador de arranque se disipe y como por arte de magia o más bien, por impulso mágico, comienzo a escribir sin detenerme. No sé siquiera si estoy pensando bien las palabras o sólo estoy expulsando ideas sin razón. Sea lo que sea, está funcionando. Por momentos, puedo olvidarme de todo lo malo del día. Me olvido tanto que ya ni siquiera recuerdo qué fue.

El sonido de las teclas era lo único que se alcanzaba a escuchar a lo largo y ancho de la casa. No recuerdo exactamente cuántas horas pasaron. Ni siquiera si fueron horas. O tal vez así sentí el tiempo. Se dice que uno suele experimentar la ausencia de tiempo cuando se está enfocado verdaderamente en lo suyo. Quizá lo mío sea escribir. No sé qué tan bueno o malo sea, todo cambia cuando lo hago. A veces no sé por qué lo hago. Como en este caso.

¿Qué sujeto de 15 años se pone a escribir detalladamente cómo sería la mujer de sus sueños? Y vaya que lo hice de una forma bastante definida. Prácticamente una descripción que puede distar mucho de la realidad.

— *Era necesario hacer esa adaptación. El camino que llevaba era demasiado simple y hubiese evitado comprender el resto de las dimensiones. Ahora sólo necesitamos un poco más de paciencia para ver su resultado en un par de años. Si, es necesario que el proceso de maduración sea más rápido si es que nos queremos apegar al plan original.*

# 6 de junio 2017

Estamos en carretera Yesenia y yo. Ha sido uno de esos fines de semana que no se pueden comprender del todo. Tan sólo hemos dormido un par de horas, ninguno de los dos se encuentra o luce cansado. Al contrario, ambos tenemos energía para detenernos un momento en la carretera y ver ese letrero que nos llamó tanto la atención.

— "Camino a la Felicidad". Vaya, quién diría que uno se encontraría con ese tipo de anuncios aquí.

— Si, debe ser un rancho o una finca. Pero vaya que hace sentido, en medio de la naturaleza,

lo suficientemente lejos de la ciudad como para sentirse aislado pero no separado de todo.
— Vamos a tomarnos una foto.
— Va. Al final de todo, sé que una parte de mi felicidad existe gracias a ti.
— Ay, amor...

Tomamos la selfie con mi teléfono. Ambos sonreímos como si no hubiese nada malo con el mundo. Como si hubiésemos encontrado por fin ese elemento que nos hacía falta para estar tranquilos. Yo lo sabía. Ella también lo sabía. Y mejor que eso, ambos lo sentíamos. ¿Acaso es que cuando de verdad sientes algo así, sientes que lo puedes todo? Todo parecía una fantasía y uno de los mejores momentos para estar vivos.

Sin embargo, todo, eventualmente terminaría. Mientras eso sucedía, podía sentirme lo suficientemente capaz de vivir pleno todos y cada uno de estos momentos a su lado. Si es que el final se prolongaba, lo seguiría disfrutando.

*— Si algo hay que admitir es que este individuo es bastante resiliente. No se ha dado cuenta que todo va marchando rumbo al desastre y aún así, insiste en acudir a él de una manera tan premeditada que pareciera tener esperanza. Las evidencias alrededor de toda esta situación parecerían ser suficientes para cualquiera. Pero sigue absorto en la idea que hay algo más, algo que no se puede ver, algo mucho más profundo. Al menos podemos estar seguros que, si sobrevive a esto, podrá enfrentarse a la siguiente prueba.*

# 14 de junio 2017

Por fin supe por qué sentía lo que sentía cuando estaba con ella. Era Ella. Todo este tiempo. La situación era irreal, era abrumador. ¿Cómo era posible que a cada momento me sintiera más enamorado? Nunca antes había vivido algo similar. ¿Podría ser esto permanente? ¿Acaso este tipo de cosas en algún punto tienen sentido?

Ella a quien describí tan claramente cuando tenía 15 años. Estaba frente a mis ojos y no pude hacer otra cosa más que agradecerle a la vida el que me diera la oportunidad de haberla encontrado. Se lo dije. Más de una ocasión ese día. Vi la manera en que me sonreía, en que me respondía con una emoción genuina.

*— Todos los cálculos previos indicaban que se daría cuenta que esto no podía ser real. Que por fin encontraría el patrón que ha estado evidenciado a lo largo de todo su desarrollo.*
*— Pareciera que o no quiere darse cuenta o se cree capaz de reinventar algo que no tiene remedio ni sentido.*
*— Casi pudiera ser sujeto de compasión. Pero la compasión nada tiene qué ver con la creación de la realidad y menos cuando todo esto está en juego.*

# 15 de septiembre 2017

— Eres el mejor compañero que he tenido. Eres todo lo que me gusta. Pero, ya es todo. No puedo seguir.- Me dice, sin vacilar, sin quebrarse.
— Ok.- le quito toda emoción a mi respuesta. Sé que es lo único decente que puedo hacer al momento.
— Sé que tienes cosas que hacer en este momento, cuando te desocupes podemos seguir hablando.
— No es necesario. Ya lo dijiste todo.

— En serio, podemos seguir hablando. Nada tiene que cambiar.

— No tengo nada de qué hablar. Tomaste una decisión y pareces bastante segura de ello. No soy nadie para convencerte de nada y mucho menos, para convencerte de que te quedes.

— Entonces, ¿no quieres que hablemos después?

— No es necesario. Cuídate mucho, por favor.

Me fui del lugar. Por fortuna llegué a tiempo a mi otro compromiso. Tal como la vez pasada, me enfoqué en el trabajo, no, me ahogue de trabajo. Tuve que trabajar toda la tarde y eso de alguna manera sirvió para nublar mi mente por un tiempo. Para distraerme y evitar sufrir lo que se supone tenía que sufrir. Sabía que el tener que lidiar con el dolor era inevitable, pero en este día no podía darme el lujo de sufrir, tenía que ser productivo. Justo como siempre he hecho.

Tengo un nudo en la garganta, pero ese nudo es el que debe volverme más eficiente. Si, quiero correr y llorar a la vez, pero eso es lo que debe hacerme más asertivo en mis actividades. Es la única manera que tengo de lidiar con esto. Al menos hoy. Ya tendré tiempo de romperme mucho más mañana. Y el día que le sigue.

Lo único que sé, es que no puedo hacer  otra cosa más que seguir agradeciendo a la vida el haberla puesto en mi camino. No es que no quiera luchar por ella, pero ¿para qué luchar si la decisión ya está dada? ¿Para qué batallar aún más? Pudiera seguir y seguir, hasta el cansancio, pero eso sólo resultaría en que ella se canse de mí. Y yo también me canse de mi.

— *Esto tenía que haber sucedido hace al menos 2 meses. El factor tiempo sigue siendo apremiante. Al menos ya rompió esa barrera sentimental que lo ataba a la toma de decisiones absurdas.*

— *El individuo está jugando a resolver un enigma que no tiene caso ni siquiera tratar. No obstante, los recursos que está generando para autoconvencerse que a pesar de todo, es posible escribir las cosas a su manera son bastante interesantes de analizar.*

— *¿Qué es esa fe a la que tanto hace alusión su mente incluso en este momento en el que alguien evidentemente lo está dañando?*

# 16 noviembre 2019

Tengo la mente nublada. Como si hubiese estado bebiendo todo el día. Apenas es la una de la tarde. No he dormido bien y la cabeza me duele. Siento náuseas.  Por el tipo de aceras y gente que puedo ver por las ventanas cercanas, estoy en una ciudad distinta a la mía. No recuerdo cómo es que llegué aquí. Lo que es peor, no recuerdo qué ciudad es.

Estoy en un café. Hay mucho ruido y mis pensamientos (o los intentos) se funden con el ruido del molino y de la máquina de espresso, además del barullo natural del lugar. Hay un gran grupo de mujeres frente a mi. Parece que no han notado que me encuentro desorientado. Tengo que armarme de valor para preguntarles dónde estoy y si es que de alguna manera puedo encontrarle sentido a esto.

Me levanto a duras penas de la silla. Derramo un poco de café en la mesa. Al parecer he sido yo quien lo ha tomado. Pero… yo no suelo tomar eso… Avanzo a un paso más que lento, vacilante, como si muy apenas pudiera moverme. Como si algo estuviese mal. Me acerco al grupo de chicas en la mesa de enfrente. Intento tocarle el hombro a una de ellas y justo antes de hacerlo, voltea. Es ella, es la misma mujer que me hizo sentir nervioso aquella vez en la clase. La misma mujer que me daba calma cada vez que la veía e ¿interactuaba?

Parpadeo. Despierto en mi habitación. No sé qué pensar. ¿Quién es esa persona? ¿Por qué la he encontrado? Y especialmente, ¿es real o sólo un producto de mi imaginación? ¿Qué significa esto?

— *Esto no estaba contemplado. Se suponía no había manera que pudiera escapar de la burbuja, y aún así, está logrando algo que ninguna iteración previa había logrado.*
— *Está raspando en la última capa de realidad que le hemos diseñado.*
— *Es momento de modificar los planes.*
— *Es necesario comenzar de cero.*
— *No. Simplemente tenemos que seguir aumentando la intensidad de las pruebas. Es posible que necesitemos jugar con su mente un poco más.*
— *¿Eso no sería llevarlo al borde de sus capacidades?*
— *Eso es precisamente lo que necesita. Una vez que llegue al límite que él suele llamar "sentimientos" y "fe", es posible que se de cuenta que existe un Universo mucho más vasto de lo que alguna vez ha imaginado. Si lo logra, podremos concluir con mucho tiempo de anticipación esta iteración.*

No entiendo, ¿quién es ella? Ni siquiera la conozco, ¿o si la conozco en verdad?. No tiene sentido. Esa aparición meses atrás tampoco tiene sentido. Es como si se tratara de algo que está luchando por permanecer en mi mente.

Estoy plenamente seguro que fue un fragmento de de mi imaginación queriendo decirme algo. Algo que no es simple de explicar para nadie. Ahora, más que nunca, necesito saber qué es.

— *Se está haciendo demasiadas preguntas. Tal vez sea momento de revelar el plan y asegurar al menos que siga el curso de las cosas.*
— *Quizá. Pero no está lo suficientemente preparado. Tiene que reponerse aún de algo más duro.*

¿Será acaso una señal de algo?

# 14 de mayo 2010

Es la primera vez que salimos, pero a partir de ese momento ambos sabíamos que ya no había marcha atrás. Éramos tan compatibles que no había manera de evitar lo obvio.
Desde el primer momento la química se dio.
Se supone tenía que entrevistarla para un trabajo y la terminé invitando a salir. Sabía que me estaba arriesgando y sabía que no podía fallar.
Pocas veces en mi vida había estado tan seguro de algo y en esta ocasión no encontraba el error por ningún lado.

— *El instante que tanto habíamos esperado ha llegado. Este es el inicio de todas las pruebas de resistencia.*
— *El nivel de dureza es bastante elevado para la fase que está viviendo.*
— *Eso sólo hace más interesante cualquier resultado que podamos obtener. Cree haber madurado, pero no tiene idea de lo que está por vivir. Esta fase puede tener un poco de entropía en sí misma, y no obstante servirá como catalizador para el porvenir.*
— *Sabemos a la perfección que eso es más que necesario para que pueda evolucionar. Un aprendizaje sin eso no tiene sentido. Tanto hemos tenido que pasar para comprenderlo que pareciera un acto de misericordia enseñárselo tan fácilmente.*

Fue de inmediato. Fue una conexión especial que no llego a comprender. ¿Cuáles son las posibilidades de todo esto? Pareciera que nada tiene sentido, pero, supongo que en estos temas, nada lo tiene.

# 2 de agosto 2014

— Ya se terminó.

Justo ayer estábamos en una boda. Justo ayer no se quiso despedir de mi. Justo ayer no quiso que tomara su mano. Justo ayer estaba dispuesta a irse por su cuenta. No supe la razón. Según yo no había hecho nada para provocar el malestar.

— No puedo confiar en ti. Ya no puedo creer en ti. Y ya decidí que no puedo ser feliz a tu lado. Pero si con alguien más.

Fue eso. Sólo fui un vehículo transitorio en lo que acomodaba su vida y ahora que lo ha hecho, ya no soy necesario. Quiero golpear algo o a alguien. No lo hago. Me reprimo e intento controlar estos impulsos violentos. ¿Hace cuánto no me sentía así?

Quiero llegar a mi departamento y tirarme al piso. No quiero ni puedo hacer nada más. Me siento mal. Siento náuseas. Me duele la cabeza y el estómago. No quiero hablar con nadie. No quiero ver a nadie. No quiero ni siquiera saber de mi. Me odio. No sé qué hacer...

— *Tal vez nos excedimos en la forma, pero era más que necesario que a esta altura tuviera estos altercados. Es inadmisible que siga creyendo fielmente en la bondad de la vida y que se ilusione con tan poco.*

— *¿No estaremos siendo muy duros?*

— *Para nada. Al contrario, podríamos serlo aún más. Y lo seremos. Sólo que para que eso pase, necesitamos prepararlo. Sí en verdad queremos usar sus capacidades para sobrevivir.*

— *Esa es otra cuestión: necesitamos saber cómo usar esas capacidades y especialmente, que estén de nuestro lado.*

— *Llegado el momento, él mismo tomará la decisión.*

# 5 de agosto 1992

No puedo moverme. Escucho ruidos en la habitación de al lado. Todo está oscuro. ¿Es mi habitación? Escucho golpes, gritos. Insultos.

No entiendo qué pasa. Estoy paralizado. Mi imaginación se está moviendo a sitios oscuros. ¿Por qué razón estoy escuchando esto? ¿Cuántas personas son? ¿Dos? ¿Qué habrá sucedido que generó tal molestia entre ambas? Las cosas que se dicen son hirientes y molestas. Algunas no las entiendo. Más bien, no entiendo nada. ¿Por qué la gente puede atacarse de esa manera? ¿No se dan cuenta del dolor que se generan y de lo que se genera a su alrededor? Me siento mal. Impotente. No puedo moverme, no se me ocurre nada que pudiera hacer para detener esa pelea.

— *Aún ni siquiera pasa el primer nivel de maduración y estos grados de estrés son bastante elevados.*

— *No debería ser problema. Si logramos canalizar correctamente su consciencia y todo lo que eso conlleva, podremos añadir niveles mucho más severos de estrés sin temor a que se rompa.*

# 26 de septiembre  2013

Luego de meses de hablar del tema, como si no fuese importante, lo olvida. Ya tenía un compromiso y así de fácil lo olvidó.
¿Qué fue lo que pasó? ¿Acaso no fui capaz de expresar lo mucho que me importaba estar ahí?

Y aún así, no puedo enojarme. Por más que intento, no puedo. Ella me ha dado lo que he necesitado al momento. Tal vez no deba preocuparme por esto. Quizá es lo mejor que pudo haber pasado. Ella es lo mejor que me pudo haber pasado. ¿Será que yo también lo soy para ella? Si, ahora más que nunca estoy seguro que si puedo pasar por alto algo que por mucho tiempo había querido, por lo que ella significa, puedo estar consciente que esto es único e irrepetible, que ella es con quien debo estar. Sin duda ella será.

— *¿Comprendes por qué era necesario que viviera esos niveles de estrés? No es común que alguien pueda tolerar cosas así y aún así tener eso llamado "fe".*
— *Entonces, si es así, ¿por qué no terminamos de una vez con el experimento? No hay lógica alguna con esta decisión que está tomando.*
— *Precisamente la consciencia creada le hará recordar que todo fue, es y será su culpa. Sin duda alguna esto está siendo mucho mejor de lo esperado. Los niveles de remordimiento y melancolía que experimenta no son naturales y aún así está por vivir algo peor. Lo romperemos poco a poco.*

# 16 de noviembre 3023

Por fin entiendo qué pasó. Aunque tal vez sea demasiado tarde para arreglarlo. Ha pasado una gran cantidad de años siendo lo que no necesitaba ser en búsqueda de lo que se suponía tenía que ser. ¿Y quién lo supuso? ¿Es verdad que somos una serie de experimentos inconclusos de un Universo ingrato que sólo le gusta jugar con todo lo que hay en su interior? Provocando una serie de eventos fortuitos que simplemente se quedan arraigados en la mente. En la esencia de cada persona. Entonces, sólo somos resultado de una gran cantidad de procesos aleatorios...

— El momento había llegado. Era necesario que pasaras por todo esto para finalmente trascender.
— Las estructuras mentales tenían que fortificarse y la única manera era a través de la consciencia.
— Entonces, ¿fui un conejillo de indias?- pregunto, más con remordimiento que con sorpresa.
— Todas las personas que has conocido en tu vida ni siquiera han existido.
— ¿Cómo es posible eso?
— No has salido de esta cámara en ningún momento.
— Y hemos preparado todos los escenarios en tu mente. Hemos jugado un poco con la intensidad de cada prueba. Es posible que algunas las recuerdes más vívidamente que otras.
— Estamos seguros que algunas dolieron más físicamente que otras, aunque ni siquiera hayas tenido contacto alguno.
— ¿Me están queriendo decir que todo en lo que creo es una vil mentira? ¿Qué nada de lo que tengo en mi memoria significa algo?
— Exacto.

# 24 de marzo 2019

"Hola. ¿Cómo estás? Espero te encuentres bien. Yo me he encontrado muy ocupada con múltiples actividades, pero no quiero dejar de pasar esta oportunidad. Quizá te parezca repentino y no sé si te llegue a incomodar, pero quiero ser lo suficientemente directa. Quiero salir contigo. ¿Te gustaría?". No tengo la más remota idea de quién sea. Acepto la propuesta. ¿Qué puedo perder?

Pocas veces eres capaz de interactuar con alguien con quien puedes ser tú mismo desde el inicio. Eres capaz de expresar cosas sin necesidad de cuestionarte si son lógicas o no. Sientes una conexión especial a pesar de desconocer todo lo que puede venir. Estás en tiempo presente y puedes estarlo así sin complicarte el tiempo ni la existencia.

Calma. Ella me brindaba una calma tan real que cada vez que la veía, pensaba que estaba en un sueño. Algo tan efímero como maravilloso. Algo sin explicación simple. O quizá era tan simple que no hallaba palabras para definirlo.

En efecto, cada velada que terminaba a su lado, no volvía a saber nada de ella por unos cuantos días. Sin contacto alguno, sin secuencia alguna de nuestras pláticas previas, sin haber contemplado todo lo anterior que habíamos pasado. Era como si cada vez que la viera, fuera sólo un sueño más. Al siguiente instante una nueva situación, un nuevo panorama.

Esa sensación que uno tiene luego de haber experimentado un momento tan pleno y tan avasallador que, aunque lo sentiste a flor de piel, dudas cuál es su origen, si la realidad o la fantasía. Era como despertar con cruda, no moral, no física, pero sí sentimental al día posterior a verla.

— *Finalmente llegamos al momento esperado.*
— *Sería interesante agregarle otro factor a la prueba. Que se de cuenta que es sólo un constructo de una mente maleable.*
— *Aún no. A su debido tiempo tendrá que dar se cuenta.*
— *Una vez que pierda la ilusión, podremos estar seguros que la prueba ha sido un éxito.*

# 22 de noviembre 2014

¿Sabes esos momentos en los que quisieras correr, gritar y echarte al suelo en posición fetal? Justo eso acabo de sentir. Ya me había hecho a la idea que nada podía ser así de complejo, pero el destino o la vida, me dio un golpe que no comprendo. Un segundo todo era dicha y felicidad y al otro, ya no sabía siquiera qué significaba eso. Es más, ¿qué significan? ¿En verdad sólo tienen un significado o hay tantos como personas en el mundo?

— *El resultado no me agrada del todo. Tenía que sufrir más.*
— *Le quitaste el entendimiento a lo que siempre pensó que sería su vida. ¿Qué más esperabas?*
— *El nivel de maduración aún no ha trascendido la tercera fase. Ni siquiera ha llegado al límite. Necesita llegar cuanto antes . Comencemos el proceso para lo siguiente. Agregaremos el factor caos de una manera que no podrá con él.*
— *Toda su vida lo preparaste para enfrentar niveles de estrés inhumanos, la siguiente prueba podría ser innecesaria.*

— *Ha vivido estrés, mucho estrés. Pero no ha tocado fondo de sus propias limitantes. Necesitamos hacer que caiga al fondo de su propia consciencia limitante. Una vez ahí, podremos decidir si vamos a la siguiente fase o no.*

# 23 de noviembre 1986

— *Era lo que necesitábamos. Un espécimen así podrá darnos muchos aprendizajes.*
— *¿Crees que ha sido buena idea crearlo?*
— *Por supuesto, es nada. Y nada será. Es sólo un recipiente de energía que aún ni siquiera sabe qué formará parte de una consciencia mayor. Sin embargo…*
— *¿Sin embargo?*
— *Hay algo que no me deja tranquilo. Es un espécimen demasiado puro, sin pulir aún. Necesitamos despojarlo de todo eso llamado  sentimientos para que pueda sernos útil.*
— *¿Cuánto tiempo tenemos?*
— *Una vida.*
— *No es mucho.*
— *No, pero será suficiente para que aprende. No podemos darnos el lujo de una iteración más. La brecha no tarda en cerrarse.*

# 23 de noviembre 2014

Me duele. Me duele mucho. Pero deberé continuar. Una vez que cierre la herida, adiós a cualquier pensamiento que me lleve de vuelta al pasado. Ya no puedo darme el lujo de sentir . Y si lo voy a hacer, ya no volverá a ser para nada igual a lo que fue. Es la primera vez que me pasa algo así. No estoy seguro de poder sobrevivir una vez más a algo similar. No puedo. No quiero.

Ni siquiera sé si esto fue algo que en verdad pasó. Si reniego de toda esta experiencia, ¿podré sacarla de mi mente?

— *Eso fue mucho más simple de lo que esperábamos.*
— *Está por bloquear y borrar elementos de su propio pasado. En sus palabras, podría "curarse" al eliminar de su propio sistema todo aquello que adaptó.*

# 23 de noviembre 2015

— *¿Qué está haciendo?*
— *Al parecer, se está liberando.*
— *Eso es útil. Le da más sentido a lo que buscamos con este experimento.*
— *Si. Pero aún no es definitivo que el resultado sea el que buscamos.*
— *El hecho que esté dejando atrás esas ataduras mentales y físicas para salir a un mundo completamente desconocido es un buen indicio. Aunque admito que comparto tu consternación.*
Es demasiado pronto aún para saber si todo esto ha valido la pena o no.
— *El sujeto aún tiene eso que llama "fe". Eso no nos sirve.*
— *Lo que menos necesitamos es eso. Eso simplemente desvirtúa lo que la consciencia crea. Debemos hacer que él mismo sea capaz de construir la consciencia. La brecha no tardará en llegar. Este experimento nos está costando demasiado.*
— *Eventualmente tendremos que lidiar con la brecha. Y si no lo logramos, simplemente nada habrá valido la pena.*

# 23 de noviembre 3023

— La brecha está cerca.

— ¿Qué es "la brecha"?- hago la pregunta como si de verdad fuera a entender la explicación...

— Es la ruptura del tiempo y el espacio en un solo punto. Su complejidad dista mucho de los conocimientos de la época en que te desarrollaste te permitirían entender.

— En pocas palabras, la brecha es la evidencia que une lo real con lo no real. Lo que fue, lo que es, lo que será, con lo que no fue, no es y no será. No espero que puedas comprenderlo.

— Sólo debes saber que cuando el Universo fue creado, todo era uno. Y cuando el Universo termine, volverá a serlo. Y dejará de ser todo. La única manera de prolongar un poco más la experiencia de nuestra existencia es usando el conocimiento que generaste.

— Entonces, ¿qué soy?

— Eres la llave para encontrar lo que en nuestro tiempo no pensamos posible. Eres la unión entre la consciencia y el Universo.

— Corrección: tú aprendizaje es la unión entre la consciencia y el Universo. Tú, como ser individual, careces de importancia. Así como nosotros.

Escucho atento todo. No puedo creer que me puedan decir todo eso y, peor aún, que me lo estén demostrando y que sea sin percibir un ápice de sentimiento en sus voces.

No entiendo nada. Y parece que no lo haré. No creo que eso sea relevante. Simplemente cerré los ojos luego de... Luego de... No recuerdo qué estaba haciendo. Pero me sentía tan tranquilo... Supongo eso influye en que esta visión, en este lugar no me espanta...

— Es inútil que trates de abstraerte en tus pensamientos. Recuerda que nosotros te creamos, o mejor dicho, permitimos que el tiempo en que creciste existiera.- me dice uno de mis "captores", nuevamente sin generar una sola emoción en sus expresiones.

— ¿Quieres decir que la existencia y la realidad en la que he vivido es producto de un vil experimento?- Mi coraje no puede ser ocultado. De alguna manera, no estoy reaccionando tan abruptamente como debiera hacerlo.

— ¿Acaso, la vida misma no lo es ya?

— No entiendo absolutamente nada. - Aunque sé que increpar y acentuar la situación de nada sirve...

— Y nada tienes qué entender. Para que tengas al menos una última memoria, te daremos algo que te permitirá comprender todo por lo que has pasado. Sólo tenemos un par de horas antes de prepararnos para la última prueba.

— La brecha está por alcanzarnos, ¿crees que sea importante vincular todo?- el segundo de mis captores pregunta, igual, sin emanar emoción alguna.

— No. Y quizá por eso mismo es necesario. Toma asiento.

Y así comenzó la conversación más bizarra de mi ¿vida…?

Refugiados en lo que parece ser una amplia ala de un edificio. Mobiliario sin detalles. Color blanco. Luz blanca. Únicamente resaltan las túnicas de estos dos seres, que parecen tener un tono ligeramente gris.

— Para que entiendas un poco más las cosas, la brecha es algo que surge desde el inicio del tiempo. Es el medio que el Universo mismo generó para asegurar que todo volverá a unificarse.

— Trasciende tiempo, espacio, y todo lo existente. Ha viajado desde el inicio hasta el final y de regreso. Es decir, está terminando con todas las realidades antes que éstas existan. Y en algunos casos, está terminando todo desde el final, eliminando las posibilidades de llegar a un futuro.

— Piénsalo como una línea de tiempo capaz de borrar todas las líneas de tiempo.

— Wow.- no puedo ocultar mi asombro. Jamás pensé que escucharía algo así y menos que yo sería parte de ello.

— Se decidió comenzar con el experimento en una fecha completamente aleatoria. Con el pasar del tiempo, nos dimos cuenta que comenzaste a apreciarla bastante. Incluso la celebrabas a pesar de no haber nada relevante por celebrar.

— De algún modo intentabas rememorar todos los eventos importantes de ese ciclo para iniciar algo nuevo, como si se tratara de una oportunidad nueva para vivir. Siendo que todo era parte de un contínuo que ya estaba definido de antemano.

# 23 de noviembre 1986

— Naciste un 23 de noviembre de un 1986…

— ¿De "un 1986"? ¿Hay más de uno?- no sé para qué me esfuerzo en preguntar…

— Si. Ese 1986 fue creado única y específicamente para ti y para los fines de este experimento, todas las circunstancias fueron diseñadas para que el resultado final fuera, bueno, en lo que te has convertido.

— ¿Por qué yo?

— Pudo haber sido cualquiera. En realidad tú no eres importante, tus vivencias lo son.

— Tu consciencia está ligada a la brecha.

— ¿Cómo?

— Todo lo que existe en el Universo es parte del Universo mismo. No son elementos separados. Por lo tanto, tú y nosotros compartimos la misma esencia que la brecha.

— Todo y todos compartimos el mismo origen y el mismo destino. Podríamos expresar que en realidad todo está escrito, pero no todo está leído.

— Necesitabas crecer en un entorno que te permitiera reconocer que eres justo eso: una unidad con todo.

— ¿Y ustedes?

— Nuestro futuro fue consumido por la brecha. Ya sabíamos que eso sucedería. De hecho lo vivimos un par de veces antes de encontrar la manera de saltar al pasado.

— ¿Un par de veces?

— La constante del Universo es que se crea y se destruye. Es energía pura. Cambia a cada instante. En este mismo momento un mundo nace y otro muere, y es lo único seguro que existe. Encontramos la manera de documentar la existencia de la brecha en base a algunos estudios cronales. Nuestra gente fue capaz de detectar el momento exacto en que nuestra realidad sería alcanzada por la brecha.

— Tu caso, es algo sin precedentes. Ya que naciste en un tiempo en particular. Fuera de aquellos que la brecha pudiera alcanzar, al menos mientras madurabas lo suficiente.

— Y tu maduración representaba que por fin encontraríamos una forma de entender la brecha.

— Gracias.

— ¿Gracias? No he hecho nada.

— Tu existencia y el que hayas llegado a este punto confirman la hipótesis: sólo mediante la aceptación de la consciencia, nos uniremos a la brecha.

— ¿Qué no se supone que la brecha termina con todo?- pregunto dudoso y seguramente saldré más dudoso de la respuesta.

— Si, así es. Y da inicio a algo más. - Y lo confirmo.

— Pero con esta nueva herramienta, con este nuevo conocimiento que tenemos gracias a ti, nos podemos unir y renacer. Y morir. Y volver a nacer.

— No tiene sentido…- Si lo tuviera, no lo entendería.

# 5 de agosto 1992

— No tiene que tenerlo. ¿Recuerdas cuando eras niño que frecuentemente escuchabas peleas y gritos? Ese tipo de acciones no tiene justificación alguna y aún así la gente las hace. Aún en otras realidades, eso pasa. Aún en lo que considerarías tiempo futuro, eso pasa. Las cosas no necesariamente son buenas o malas, simplemente son y eso es lo que la humanidad nunca terminó de comprender. Contigo, al menos tenemos una oportunidad para hacerlo en la siguiente ocasión.

— ¿Te refieres a que todo se repetirá? ¿La vida que me dieron?

— Una vez que nos hagamos uno con la brecha, no precisamente solucionaremos todos los problemas. Posiblemente haya más. Pero al menos llevaremos un poco más de aprendizaje y experiencia para que poco a poco se genere un cambio.

— Entonces, ¿qué es lo que pretenden con todo esto si la brecha no puede detenerse?

— Queremos darle al Universo aquello que surgió contigo.

— ¿Qué es eso?

— Fe.


27 abril 2005

— ¿Están diciendo que me hicieron creer en algo y me lo quitaron sólo para que esa creencia les fuera útil?- Subo la voz, sin medir las consecuencias.

— Si. Nos dimos cuenta que eras capaz de seguir creyendo tanto en ti como en los demás por más que la situación fuera apremiante, por más que la gente demostrara lo contrario. Eso es algo que es bastante complejo de generar.

— En un principio, la hipótesis trataba de despojarte de toda sensación para unirnos a la brecha. Que la única manera de lograrlo sería a través de la insensibilización consciente y plena.

— Conforme pasaban los eventos vimos que teníamos que modificar tanto los experimentos como nuestra premisa. Teníamos que ver si todas esas emociones tenían algún sentido en la historia.

— ¿Y qué tanto encontraron?

14 mayo 2010

— Encontramos que son justamente esas emociones las que crean todos y cada uno de los Universos.

— ¿Qué?- Mi expresión es más de incredulidad que de sorpresa.

— En tu caso en particular, no creaban nada. Pero una vez que comenzamos a aislarlas y ver la reacción en otras líneas de tiempo, en otras condiciones, nos percatamos que eso era lo que generaba que los Universos vivieran o murieran.

— Como te dijimos, los Universos viven y mueren, la realidad constantemente está mutando. ¿Y cómo nacen esos nuevos Universos? En base a una idea, en base a la energía generada por una sensación que derivó en múltiples reacciones y de entre todas ellas, encontró la chispa adecuada para generar una realidad diferente.

— Eso significa que tanto las cosas buenas como las malas generan Universos alternos.

— Y a mayor cantidad de realidades, mayor es el alcance de la brecha.

— Por eso la idea inicial era quitarte todas las sensaciones, para que eventualmente las erradicaramos y evitaramos su avance.

— Cada que una sensación genera un nuevo mundo, es mayor la probabilidad que la brecha evite que podamos perdurar para trascender.

— Piénsalo así: cada que una emoción es generada de una experiencia, buena o mala, abre una posibilidad. Y esa posibilidad es una oportunidad de generar un nuevo mundo, una nueva realidad, una nueva versión diferente de algo ya existente.

# 26 septiembre 2013

— ¿Entonces a cada momento se genera algo diferente para todos? ¿Y eso hace que cada persona viva en diferentes realidades?- Pregunto como si de verdad fuera a hallar sentido a todo esto.

— Exacto.

— Y mientras más realidades existen, más tiene que alcanzar la brecha y más complejo se vuelve el encontrar una manera de contrarrestarla, porque a cada nueva línea de realidad naciente, aumenta su fuerza y tenemos una nueva posibilidad de ser borrados de la existencia sin obtener nada.

— Eso quiere decir que una persona puede vivir en una gran cantidad de líneas y nunca lograr absolutamente nada, ya que la brecha la consume en su totalidad.

— Lo que significa que todas las veces que te enfrentaste a situaciones en las que tenías que decidir algo o que viviste algún momento en el cual el resultado no era el que querías, se pudo haber generado una nueva posibilidad. Un mundo en donde pasaba lo opuesto…

— A cada nueva emoción, creamos realidades nuevas… Parece absurdo, pero en realidad tiene sentido… Si cada una de las cosas que experimentamos en vida fueran estáticas, no tendríamos remordimiento ni duda alguna, sería sólo seguir un proceso lineal.

— Ya veo entonces, que todos esos momentos de duda, de molestia, de enojo, de tristeza, de soledad, de impotencia, eran sólo una prueba…

# 2 agosto 2014

— Si tu sufres un problema en un escenario, en el otro escenario generado por la emoción provocada, tú obtienes una solución. Sólo que en tu caso, para fines del experimento, tuvimos que aislar las posibilidades. Y eso implicaba que tu no tienes ninguna otra versión que haya emanado de tus decisiones o falta de ellas.

— Tú sólo exististe fuera del tiempo, fuera de todo plano, una especie de purgatorio. Una vez que nos hicimos presentes ante ti, te arrastramos al nuestro.

— Tu existencia física nunca tocó parte de ninguna realidad, y conforme avanzabas, extrajimos todo el aprendizaje de tu consciencia en el instante en que, de haber existido, hubieses creado una nueva realidad al vivir una emoción.

— ¿Quieren decir que al contrario de todas las personas, yo nunca tuve oportunidad de generar una línea alterna?- Ni siquiera puedo comprender qué acabo de decir.

# 22 noviembre 2014

— Eres un ente experimental. Toda tu existencia lo es. Simplemente te aislamos para que ya no fueses capaz de emanar energía y posibilidades.

— Las situaciones que viviste te daban más y más enseñanzas. Tú mismo fuiste capaz de adaptarte a las circunstancias y darte cuenta que había algo diferente en ti. En ocasiones era muy molesto ver cómo modificabas los planes ya establecidos.

— Espera.. ¿qué quieres decir con eso? Si se supone que he sido un experimento toda una vida, ¿cómo es posible que haya modificado las reglas?

— Intenta darte cuenta. ¿Qué fue lo primero que pensaste cuando nos viste?

Dos seres andróginos de piel blanca, con túnicas grises, con ojos tan luminosos cuyo color no puedo describir estaban ahí, viéndome mientras me encontraba en una plataforma. Lo último que recuerdo antes de eso era…— ¿Dónde está? ¿Dónde está ella? ¿Quién es esa persona?

— A pesar de que todo estaba diseñado y que poco a poco fuimos modificando algunos puntos, nos dimos cuenta de algo. No puedes crear vida y esperar que su desarrollo sea lineal.
— Por más que quisiéramos aislar todas y cada una de las pruebas, de adaptar los patrones de comportamiento y de tratar de extraer todos los factores no convenientes, al final de todo, siempre había energía oscura a nuestro alrededor.
— Como en todo el Universo.
— Y esa es la prueba fehaciente que el Universo continúa expandiéndose y los seres que en él habitan, también. Y tú, siendo un ser que fue creado específicamente para entender que la consciencia puede hacerle frente a la brecha, de alguna manera u otra, lograste manifestar vida. O más bien, se manifestó a tu alrededor.

# 23 noviembre 2014

Si todo lo anterior no tenía sentido, esto mucho menos. ¿Es posible que yo, siendo un experimento, haya sido capaz de generar todo esto que están diciendo? Pero más allá de eso, ¿qué fue lo que se creó a mi alrededor?

— Como seguramente recuerdas, hubo momentos a lo largo de, digamos, "tú vida", en los que enfrentaste ciertos dolores y de alguna manera u otra trascendiste para llegar a un escenario completamente distinto al que pensabas.
— Eso también afectó nuestros resultados, ya que mientras extraíamos la emoción que generaste, un remanente de energía lograba escapar…
— No propiamente "escapar"...
— Cierto. Era un poco de energía oscura que se adhería a tu consciencia. Al principio pensábamos que no generaría nada, sólo un poco de inconsistencias más. Pero con el tiempo vimos que pasó algo bastante extraño.
— ¿Qué tan extraño? ¿Cómo es posible que ustedes fueran capaz de crearme y no considerar que algo así pasaría?
— Nada ni nadie puede controlar ese tipo de energía. Es lo que le da sentido al Universo. Es lo que, en teoría, vincula a todo y es lo que nos hizo pensar que había aún un dejo de esperanza si dejábamos seguir el experimento así. Luego nos dimos cuenta que esa energía creó algo…
— ¡¿Qué?! ¿Qué fue lo que creó?- Comienzo a impacientarme. Golpeo la pared que está a mi lado con mi puño cerrado. Ambos lucen imperturbables ante mi reacción.
— Los elementos para tu mejor versión.

# 23 noviembre 2015

Ya es demasiado extraño entablar esta conversación en un sitio tan bizarro como éste. Saber que sólo he existido fuera del espacio- tiempo y que justo ahora que por fin tengo conocimiento de ello, todo está por terminar debido a esa cosa que llaman brecha.

No sé si sentirme preocupado por saber que todo llegará a su fin o si debería estar más indignado por saber que ni siquiera soy real. Que toda mi vida fue sólo una simulación y peor aún, que nunca tuve opción a nada más que seguir exactamente los mismos pasos y pasar por los mismos problemas… Que todo estaba escrito y leído al mismo tiempo. Que nunca tuve oportunidad de escribir al margen…

— No es que se haya salido de control. Más bien, tomó el curso que tenía que tomar.
— Pero… ¿no están admitiendo que estaba fuera de lo calculado?- Siento que me enojo cada vez más. Por más que intento llegar a un punto, veo que ese punto no tiene sentido, porque nada que lo antecede lo tiene….
— Así como te lo hemos explicado, todo está entrelazado. Todo comparte un vínculo peculiar entre sí, todo fue escrito de alguna manera antes que nos diéramos cuenta.
— Eso no significa que la simulación de la que fuiste parte no haya sido preestablecida por el curso natural del Universo.
— Espera… Entonces, ¿el Universo mismo dispuso que yo sería el conejillo de indias de esta horrible farsa?
— Al Universo no le importa. Pero eso no quiere decir que no te preste atención..

# 6 junio 2017

— Piensa por un instante todo lo que has visto: tuviste la oportunidad de nacer en una situación distinta a la que muchos otros seres lo hacen. Tuviste ciertos elementos a tu favor en tu desarrollo.
— Incluso tuviste la oportunidad de manifestar eso que se llama fe y esa otra sensación, aquella que se supone es el hilo conductor de todo…
— Felicidad.- lo interrumpe su compañero.
— ¡Si! Felicidad. Eran esos breves momentos en los que obtuvimos la mayor carga de información. Porque era una manera distinta de apreciar la naturaleza del experimento. Estabas empujando las líneas entre la fantasía en la que estabas y en la otra fantasía en la que querías vivir.
— ¿Cómo?- Mi cabeza corre a mil por hora para tratar de entenderlos. No lo estoy logrando. ¿Es posible vivir en dos fantasías al mismo tiempo?
— Sabíamos que experimentar con energía y materia vinculadas al Universo, nos llevarían a escudriñar un poco la naturaleza de las cosas. Sabíamos que habría algunos parámetros fácilmente controlables y otros, no tanto. La consciencia, al final de todo, es la manifestación de esa materia oscura en constante movimiento.
— En pocas palabras, tanto la consciencia, tú consciencia, la energía oscura y la brecha son lo mismo.
— La energía oscura que se generó de tus propias emociones, simplemente se fue manifestando poco a poco hasta transformarse. Y en la transformación, te permitía trascender.

# 14 junio 2017

— Eras capaz de encontrar esa conexión ideal con todo lo que te rodeaba. Eras capaz de encontrarle un sentido a las cosas y especialmente, eras capaz de manifestar lo que, inconscientemente deseabas.
— Por un momento pensamos que sería algo que te mermaría pero terminó siendo lo contrario.
— Esperen, entonces… ¿cada vez que me llegaba a sentir feliz tenía la posibilidad de volverme más débil y arruinar todo?

— Siempre es así. Bueno, al menos para quien no comprende el verdadero significado: no puedes enamorarte de algo o de alguien, tienes que hacerlo del proceso y ese proceso es lo mismo que nos dio la brillante idea de evitar que la brecha consumara todo.

Justo cuando pensaba que no podía ponerse más extraño... Este par me está diciendo que la brecha tiene que ver con el amor, el Universo, la consciencia y con todas las emociones que he venido generando a lo largo de mi simulación...

— Al comienzo de nuestro plan, mucho antes de que fueses creado, estábamos listos para encontrar una manera de perpetuar todo fuera del alcance de la brecha.
— Verás, somos de una época mucho más avanzada, en la cual ya había una documentación de la brecha, es decir, ya había sido borrada un par de veces. Estudios cronales nos permitían recabar toda la evidencia posible para encontrar formas de contrarrestarla.
— Eso nos llevó a plantear la idea que quizá podríamos escapar de ella en una realidad diferente. Sólo que, la única constante multiversal, es que todo termina.
— A menos que puedas iniciar desde cero una y otra vez. Con los aprendizajes del ciclo anterior.

# 15 septiembre 2017

— Si en una realidad te hieren por ser bueno, por tener fe y por creer que puedes dar todo de ti y por alguna razón, crees que el Universo encontrará la mejor manera de corresponder con algo positivo. No será así. Así no funcionan las cosas.
— Lo único que pasará es que volverás a repetir el mismo ciclo, con distintos elementos, pero con un poco más de experiencia. Ya no volverás a sufrir tanto o a gozar tanto, dependiendo de la situación.
— En tu caso, lo que atestiguamos era que cada vez que alguien te trataba mal o te dañaba o cuando te sentías triste por perder lo que considerabas una oportunidad de ser feliz, era que aún así, te aferrabas a seguir creyendo. En tener fe tanto en las personas como en los sentimientos que habían ultrajado.

Aunque puede parecer demasiado, creo que esta parte es la única que hace sentido. A lo largo de todo este tiempo, me he dado cuenta que cada vez que algo malo sucedía, fuese lo que fuese, volvía a intentarlo, volvía a probarlo, volvía a hacer algo...

Tarde o temprano volvía a experimentar esa sensación grata de saber que había logrado trascender un dolor que otrora, me habría causado bastante daño. No sabía si era una forma de mostrarme a mí mismo que era capaz de lograr algo o que simplemente me había olvidado de lo anterior...

Ahora entiendo un poco más... Lo que querían de mí no era precisamente extraer mis emociones emanadas de todos los momentos, buenos o malos de mi vida... Querían aprender a crear esas emociones para encontrar la manera de seguir perpetuando el aprendizaje y así, quizá con unas cuantas iteraciones más, encontrar la manera de evitar que la brecha consuma todo...

— Entonces... con todo lo que me están diciendo, eso significa que... ¿el experimento funcionó?
— En el sentido estricto de la palabra, no.- Lo expresan de una forma tan vacía y sin emoción

que tampoco puedo enojarme.- Sin embargo, obtuvimos algo mucho mejor. Obtuvimos algo de lo que carecía nuestro tiempo, cuando se encontró la primera evidencia de la brecha.

— Y eso es lo mejor que nos podría haber sucedido. Es la única oportunidad que tenemos de seguir con todo esto. Ya es tiempo. La brecha no tarda en llegar. Lo único que tenemos que hacer es esperar.

— El estudio cronal y el material genético ya están seguros. Aunque el plano físico sea consumado, podremos llevar todo el aprendizaje a la siguiente iteración.

— ¿Qué fue lo que encontraron?

— Algo que no existía en nuestra época. No por falta de recursos, sino porque, no era necesaria: nos diste esperanza.

Aquí estoy, al final del tiempo, discutiendo con un par de seres que no logro concebir si son hombres o mujeres, enfrascado en una conversación sobre lo absurdo y a la vez, útil que ha sido mi simulación.

Me dieron algo en qué creer mientras crecía, sólo para quitármelo en poco tiempo. Una y otra y otra y otra vez. Todo para que ellos pudieran encontrar algo que les sirviera. Y terminó siendo lo mismo que me mantuvo ligeramente cuerdo durante toda esta experiencia.

— Antes que todo esto acabe, por favor díganme ¿qué pasará conmigo?

— Antes de explicarte eso, tienes que saber algo más. Esa energía oscura que quedaba de remanente cada que recolectamos tus emociones creó algo más. O mejor dicho, alguien más.

— De no ser por su intervención, jamás nos hubiésemos presentado ante tí de la manera en que lo hicimos. Fue una de las mayores sorpresas de toda la prueba. Y la última confirmación que necesitábamos para saber que, sin importar que nos alcanzara la brecha, todo estará bien.

— Ella fue lo que hacía falta para lograr tu mejor versión.

— ¿Se refieren a esa mujer?- cuestiono con miedo a saber la respuesta.

Se dice que mientras más nos repetimos algo que no es verdad, terminaremos por creerlo como si fuese una verdad absoluta. En este caso, nunca supe qué fue. ¿Esa mujer de verdad existió? ¿Dónde está? ¿Qué fue de ella? ¿Por qué me siento tan incómodo de tan sólo traerla a mi mente ahora? Ni siquiera termino de recordar cuándo fue la última vez que la vi y... si en verdad la vi...

# 15 febrero 2019

— Es posible que en tu mente no te sea tan fácil hilar los encuentros que tuviste con esa mujer. Siempre aparecía cuando sentías que todo estaba estable. Que tenías las cosas bajo control y de pronto, la sola idea de su presencia te desconcertaba y generaba algo que en otros tiempos no habías experimentado.

Ahora intento recordar un poco más... En ese momento, cuando pensé que la vi por primera vez... Es verdad, todo estaba fluyendo, todo estaba acorde a lo que quería. No tenía ningún problema mayúsculo. Al menos ya había aceptado lo que pasaba, y me sentía tan tranquilo... Como si cualquier cosa que me sucediera no pudiera incomodar...

— Si crees que lo anterior te ha sido difícil de entender, entonces, esto será más difícil aún.

— Entender cómo el tiempo, el espacio, la energía, la brecha, el inicio, el final y la consciencia están vinculados es sólo la base para llegar a asimilar esto.

— Lo que sucedió con esa energía, que digamos, quedaba estancada, fue que tuvo la capacidad de transformarse en algo más. Aquella vieja expresión se volvió verdad, sólo que encontró una vía diferente de manifestarse.- siento que la respuesta solamente me dejará más inquieto...

— Lo que queremos decirte, es que, toda esa energía liberada al momento de extraer tus emociones, por más que la intentamos recolectar toda, de alguna manera, logró darte algo que necesitabas. Te dió una última esperanza para liberarte de absolutamente todo lo que te anclaba.

Expresar que no entiendo qué es lo que pasa sería bastante simple… Lo que estos seres me están queriendo decir es que, producto de ese error de cálculo que hubo al momento de comprender mis emociones, ¿se creó algo que me orilló al punto de quiebre para lograr un mejor resultado del que habían esperado?

— Debemos admitir que fue algo fortuito. Nunca consideramos que algo nacido de un ente meramente creado para un experimento pudiera gestar su propia realidad.

— Espera… ¿mi propia realidad? ¿Eso tiene sentido? ¿Qué no se supone que no podía lograr cosas más allá de las que estaban consideradas en el programa? - Aunque siento algo de coraje, sin duda esto me inquieta tanto como me emociona...

— Con eso nos dimos cuenta de la importancia de todo esto: jamás íbamos a poder controlar o contrarrestar la brecha. El fin es inminente y eso no es precisamente malo.

— Cuando vimos la forma que la energía tomó, preferimos dejar que continuara el flujo normal de las cosas. La energía, independientemente que sea oscura o no, toma el camino más natural posible y crea y permite todo lo que tiene que ser en el tiempo que tiene que ser.

— Estoy al fin del tiempo. Del espacio. Al final de mi vida, o bueno, de lo que se supone que ha sido una vida en un experimento de simulación. Sólo, antes de…

En ese momento, el lugar comenzó a temblar. Parecía que algo estaba golpeando la base del lugar. Pude ver cómo los rostros de estos seres permanecían impasibles, como si les fuese grato lo que estaba pasando. ¿Es esto el fin? ¿Esto es lo que se siente saber que todo está por terminar justo después de que sabes que tu existencia ha sido una vil mentira?

# 24 marzo 2019

— Antes de que todo termine, tienes que saber que por fin todo está en orden.

— La verdadera esencia del Universo más que materia o energía, es emoción. Aunque, si somos estrictos, todo es lo mismo. Es esa emoción lo que da sentido y empuje al Universo, es lo que permite que se siga expandiendo a perpetuidad. Y es lo único que permitirá que volvamos a existir, pero con un aprendizaje más.

— Lo que queremos expresar con todo esto es, gracias.

No sé qué sentir. Recibo gratitud al último rincón del tiempo y el espacio, a poco de ser borrado de mi incipiente realidad.

— La energía que te encontró, fue lo que tú aprendiste a manifestar. Por más que intentamos obtener tu capacidad para sentir, podías y querías más. Eso le permitió hallar la mejor manera de manifestarse ante ti. Una mujer.

— No una simple mujer, una mujer que tenía que romperte. Generarte todas esas dudas necesarias para que te despojaras de todo y de todos. Era ella quien tenía que moverte para que por fin te unieras a tu propia consciencia.

— Ella fue la expresión más pura de tu consciencia: alguien meramente creado para que dudaras de tu propia razón, de tu potencial, de tu sanidad. Era quien necesitaba finalmente encausarte a tu destino final.

— ¿Y mi destino final, cuál es?
— Más bien, "¿cuál fue?". Tu destino final, era simplemente vivir. Como el de todos los seres del Universo. Eso lo llegamos a comprender en nuestra línea de tiempo desde hace bastante: todas las complicaciones y ese apuro constante de llegar a algo u obtener algo…
— Por eso la existencia perdió demasiado tiempo en cosas inútiles. En tu caso, como exististe fuera del tiempo, ni siquiera debías vivir. Y aún así lo hiciste.
— Así es, despertaste a la vida luego que la propia energía se manifestara ante ti. Esa misma energía fue la que empujó tu realidad y te orilló a querer despertar por tu propia cuenta.

Ahora lo recuerdo un poco más… luego de ese mensaje tan extraño, me di cuenta que no sabía nada de ella… Como si de pronto se hubiese aparecido en mi vida, y yo no quisiera distanciarme. Quería respuestas. Quería algo que me diera al menos la razón o la falta de ella.

Sigue temblando. Algunas paredes comienzan a agrietarse. El techo comienza a desmoronarse poco a poco. Mis acompañantes sólo pueden sonreír ante la ligera capa de polvo que comienza a descender. ¿Por qué será que están tan tranquilos? No entiendo aún cómo es que los hallazgos de esto lograrán trascender el tiempo y el espacio…

Estos dos seres tienen un semblante que para nada es acorde a lo que está por suceder. ¿Yo también debería sentirme así?

# 16 noviembre 2019

— ¿Qué es lo último que recuerdas antes de despertar con nosotros?
— Yo… no recuerdo…
— Haz un esfuerzo. ¿Qué fue lo último que viste?- Intento pensar… todo es borroso… estaba buscando algo o a alguien… y de pronto...
— A ella.- contesto.
— ¿Y qué sentiste?
— Calma, de una forma que nunca antes había sentido.- Extrañamente, no me había percatado de eso. A pesar de las dudas que su presencia tenía en otros momentos, me sentía en calma cuando estaba con ella, aunque luego no supiera más.
— Eso es justo lo que hará que perdure nuestro experimento, aún y cuando la brecha nos alcance. Tal vez ahora no puedes concebirlo. Es comprensible que ante todo este caos, el saber que nuestro tiempo cesará de ser, lo único que quieras sentir es impotencia, enojo, malestar. Pero no debe ser eso. Simplemente, recuerda lo que ella te hacía sentir.

Su sola presencia me movía. Me mantenía atento a todo, tanto a lo bueno como a lo malo. Me ponía nervioso saber que me estaba observando, que me escuchaba. Quería decir sólo lo necesario y lo más elocuente que pudiera ser. No quería malgastar ni un minuto. No por ella, sino por el hecho de sentirme bien antes de estar con ella.

Por momentos me parecía absurdo: generé un vínculo con alguien que nunca supe si estaba presente o no. Me cree la ilusión… no, mi realidad.. de alguien que buscaba acercarse a mí y darme una segunda oportunidad. Me llevó a sentirme nuevamente útil, no sólo por lo que hago, sino por lo que soy y por lo que soy capaz de compartir con los demás. A no tener expectativas ni de su ser ni de sus acciones relacionadas conmigo y hacía mi. A no saber siquiera si era real o no.

¿Cómo me dejé ilusionar por la esencia de alguien? ¿Cómo puedes creer en alguien que no sabes si existe o no?

— Muy seguramente la recuerdas de tu sueño. Querías llegar a ella. Confirmar que de alguna manera u otra habías contactado a alguien que te orilló a salir de tí mismo. A colocarte en el centro de lo que el Universo quisiera y sobre todo, lo que tu propia consciencia emanaba.
— Con eso quieres decir que... ¿Yo la cree a ella?
— No, ella se creó a sí misma. Así como no puedes controlar nada fuera de tí mismo, no puedes crear nada fuera de ti.
— Ella se generó espontáneamente con un fin último. ¿Cuál era? Ni siquiera era apoyar el logro de tu mejor versión, al menos no directamente. Al contrario: el Universo tiene una manera bastante peculiar de hacernos ver las cosas, en este caso, buscó la manera de hacerte ver que llegaste al límite: que habías superado tanta tristeza, dolor, pena y demás cuestiones adversas a lo largo de la simulación. ¿Cómo? Permitiendo que ella apareciera y te demostrara que no, que aún podías soportar más.
— Y lo más sorprendente de todo, contra todos nuestros pronósticos, trascendiste hacia algo que te llevó..
— A ustedes.- me anticipo.

# 16 noviembre 3023

En su momento, intenté acercarme a ella. Quise saber qué representaba y cómo es que llegó a mi. En una de esas, quería saber si había algo más. No precisamente una relación, sino al menos un vínculo, algo que me demostrara que no me estaba volviendo loco.

No encontré nada. Y me fui a dormir en aquella ocasión... Estando dormido fue que la vi por última vez. Me provocaba demasiada ansiedad el no saber qué sucedía, el no poder contactarla. El estar cerca y no poder expresar nada me incomodaba. Me ponía tenso. Hasta que me di cuenta que ni siquiera se trataba de ella.

Ella no tenía nada que ver con todo esto. Ni con la simulación, ni conmigo, ni con mi consciencia, ni la brecha. Simplemente existió y coincidimos momentáneamente. ¿Fue real? No lo sé. No importa.

El movimiento se vuelve más constante. Se comienzan a escuchar sirenas, gritos. Cosas rompiéndose. Nada importa y todo importa a la vez. La luz comienza a hacerse más intensa. Mis compañeros me piden que me siente a su lado con un simple ademán. Están tranquilos a pesar de lo que está sucediendo. Los veo sonreír. Están disfrutando la espera.

# 23 noviembre 3023

Cuando desistí de mi búsqueda por querer reconocerla, a ella, a la energía hecha materia, simplemente solté todo. Solté mis creencias anteriores, mis problemas, mis ansiedades, mis deseos. Me di oportunidad de volver sólo a sentir.

— Lo que todas esas simulaciones y ese constructo de energía te permitieron sentir, es justo lo que nos deja creer que todo estará bien, al final y al inicio del tiempo.
— La brecha viene desde el inicio del Universo y lo único que la detiene es el fin mismo. Lo que no puede hacer es borrar aquello que es capaz de perdurar y trascender el tiempo y el espacio.
Todo comienza a brillar, la temperatura se mantiene templada. Algunas cosas caen del techo sin hacer ruido. Ya no se escucha nada, es un silencio ensordecedor, al principio marea, pero después ya no incomoda. La sensación es reconfortante. No hay apuro. No hay dolor. No hay nada. Sólo el fin.

16 noviembre 2019
Tengo la mente nublada. Como si hubiese estado bebiendo todo el día. Apenas es la una de la tarde. No he dormido bien y la cabeza me duele. Siento náuseas. Por el tipo de aceras y gente que puedo ver por las ventanas cercanas, estoy en una ciudad distinta a la mía. No recuerdo cómo es que llegué aquí. Lo que es peor, no recuerdo qué ciudad es.

Estoy en un café. Hay mucho ruido y mis pensamientos (o los intentos) se funden con el ruido del molino y de la máquina de espresso, además del barullo natural del lugar. Hay un gran grupo de mujeres frente a mi. Parece que no han notado que me encuentro desorientado. Tengo que armarme de valor para preguntarles dónde estoy y si es que de alguna manera puedo encontrarle sentido a esto.

Me levanto a duras penas de la silla. Derramo un poco de café en la mesa. Al parecer he sido yo quien lo ha tomado. Pero... yo no suelo tomar eso... Avanzo a un paso más que lento, vacilante, como si muy apenas pudiera moverme. Como si algo estuviese mal. Me acerco al grupo de chicas en la mesa de enfrente. Intento tocarle el hombro a una de ellas y justo antes de hacerlo, voltea. Es ella, es la misma mujer que me hizo sentir nervioso aquella vez en la clase. La misma mujer que me daba calma cada vez que la veía e ¿interactuaba?

Hola. Qué gusto encontrarte aquí, por fin.

# ACERCA DE LOS AUTORES

Un grupo de sujetos que supieron y quisieron aprender de las sincronicidades del arte de la escritura a través de dejarse llevar por un experimento, encontraron parte de lo que buscaban en estas letras.

Las palabras y expresiones aquí planteadas distan de ser perfectas... O tal vez lo son en su justa medida... O tal vez no necesitan serlo para ser especiales, tanto para quienes las comparten como para quienes las leen...

Porque en eso radica la importancia de dejarse llevar por este arte: no saber exactamente a dónde ni cómo se va, pero en este caso, escribirlo con la voluntad que habrá un destino, que si no sabemos qué o cómo será, sin duda, será diferente.

Así que sean bienvenidos a un experimentos que nos llevará a sentir el futuro inmediato, aquí no tan distante, el idílico, el distópico y finalmente el caótico.

Made in the USA
Las Vegas, NV
22 December 2020